俺は瞬時に相手の大剣に向けて
希望の光《ウィッシング・ユー》を発動させた。
剣身に、輝きを放つ小さな『光』——
役立たずと言われ勇者パーティを追放された俺、最強スキル《弱点看破》が覚醒しました

10,000
「あそこの裏通りにあった露店で買ったんだけど？ たしか～1万ルピだったかな～」
「ところで、リリウム。その腕輪は何だ？」

「……ッ!? ウィ、ウィッシュ!? な、なんで、アタシの前に……!?」
幼い少女に抱きつかれながら、精一杯の気を張るルゥミィ。
追放されたリリウムの後任として魔王軍幹部となった魔族。炎系の魔法を得意とする。
ルゥミィ

「か、完成したぞおおおおぉ!!」
「やったねっ!ウィッシュ兄!」
ウエストバッグの内素材に使用されていたモノと同じ素材を作り出すことに成功した。

役立たずと言われ勇者パーティを追放された俺、最強スキル《弱点看破》が覚醒しました2

追放者たちの寄せ集めから始まる「楽しい敗者復活物語」

迅 空也

HJ文庫
1012

口絵・本文イラスト　福きつね

目次

プロローグ

アーク。

社会から弾《はじ》き出された者たちが、身を寄せ合いながら暮らす場所。

辺境の地にあり、人間からも魔族《まぞく》からも重要視されてこなかった農村である。

しかし、ここに住まう者たちの表情は明るく、皆《みな》が希望に満ち溢《あふ》れた顔つきをしている。

朝一番の村内――

「ウィッシュさん！　今日はウチの菜園で野菜を収穫《しゅうかく》する予定なので、夕方、ウィッシュさんの家に持っていきますよ！」

「ウチも果物を採るので、ミルフィナちゃんに食べさせてあげてくださいな」

「ウィッシュ殿《どの》、今日も張り切って畑を耕しましょうね！」

アークの住民たちが元気よく声をかけてきた。

「はい！　みなさん、ありがとうございます！　今日も一日頑張《がんば》りましょうね！」

俺《おれ》も威勢《いせい》よく応《こた》える。

戦闘《せんとう》も冒険《ぼうけん》もない。ただただ、のんびりとした優《やさ》しい時間が流れる場所。

互《たが》いの傷を舐《な》め合う場所ではない。協力して前を向いていく場所――それが俺たちの居場所、アークである。

「あ、ウィッシュリーダー。今朝《けさ》、冒険者《ぼうけんしゃ》がアークにやってきまして、数日の滞在《たいざい》許可を申し出ております。面会と滞在の手続きをお願いしたいのですが」

今度はアークの衛兵が俺のもとへやってきた。

「わかりました。ご報告ありがとうございます」

そして、このアークのリーダーこそ、俺……なのだが。

「ウィッシュリーダー、おはようございます！」

「リーダー、今日も良い天気ですねぇ」

……こうして住民からリーダー呼びされるのは未《いま》だに慣れない。

村長という肩書《かたがき》もしっくりこないが、リーダーというのも柄《がら》ではない。

俺は前に所属していたパーティーでは荷物持ちの商人だったのだ。

リーダーとして皆を引っ張っていくというのは難しいことだし、責任も感じる。

――でも。

やると決めたからには役目を果たさなければならない。

改めて心の中で覚悟《かくご》を決め、一歩を踏《ふ》み出した俺の耳に、

「ウィッシュさん。おはよう、ございますっ」

女性の声が届いた。

声の主《ぬし》を確認《かくにん》すると、自然と笑《え》みが零《こぼ》れる。

「はい！　おはようございます！」

俺は元気な声で女性の挨拶《あいさつ》に応えた。

女性は優しく微笑《ほほえ》み返し、ゆっくりと会釈《えしやく》をして畑のほうへと歩いていった。

――リングダラム王国の首都アストリオン。そこで差別的な扱《あつか》いを受けながら生きてきた女性だ。俺が声を掛《か》けてアークに招き入れたのだが……。

アストリオンに比べると交通の便も悪いし物資も少ない。そんな場所に俺の一存で連れてきたのだが、果たして彼女《かのじよ》にとって良い選択《せんたく》だったのだろうか。

彼女がアークに来て暫《しばら》く経《た》った今でも、俺の葛藤《かつとう》は消えていなかった。

「大丈夫《だいじようぶ》ですよ、ウィッシュさん。ウィッシュさんが差し伸《の》べた手の温《ぬく》もりは、あの女性にもちゃんと伝わっています」

いつの間にか俺に寄り添《そ》うように立っていたノア。

ノアの優しい眼差《まなざ》しからは温もりが感じられる。

「……うん……そうだといいな。ありがとう、ノア」

天界から人間を優しく見守る女神《めがみ》様のような包容力のある瞳《ひとみ》。

俺の不安や葛藤を取り除き、安らぎを与《あた》えてくれる声。

まるで女神様のような存在のノアに、俺は勇気づけられた。

そんな癒《いや》しの時間も束《つか》の間《ま》——

「ちょっとウィッシュ⁉　ミルが、ま〜たツマミ食いしてたわよ⁉」

女魔族リリウムが女神ミルフィナを注意する声が俺の耳に飛び込《こ》んできた。

「違《ちが》うもんっ。ぜんぶ食べたから、ツマミ食いじゃなくて朝ご飯だも〜ん、えへへっ！」

続けて、幼い女神（本物）が笑いながら俺の胸元《むなもと》に物理的に飛び込んできた。

「それ、今日のミルのオヤツだったんだけどなぁ？　ってことで、ミルはオヤツ抜《ぬ》きねっ」

「えええええええ⁉」

この世の終わりを告げるかのような幼女女神の叫《さけ》び声《ごえ》が辺りに響《ひび》く。

いつもと変わらないリリウムとミルフィナの日常会話。

二人の会話を聞きながら、俺とノアは和《なご》やかに微笑んだ。

この大切な居場所をリーダーとして守り抜く——俺は心にそう誓《ちか》った。

一章　ウィッシュ覚醒《かくせい》進化する

「うぅーん」

「ウィッシュ兄《にい》、なに難しい顔して唸《うな》ってるの？」

農作業を終えて家に戻《もど》ってきた俺は思案に暮れていた。

「この謎《なぞ》の素材のことを考えていたんだよ。でも、ダメだ……作り方が全然わからん」

俺が手に持った白い物体――ハッポウなんとかロール。

ひい祖父《じい》ちゃんから代々受《う》け継《つ》がれてきたウエストバッグ。その内素材として永年に亘《わた》り使用されてきたモノなのだが、俺にはその正体が未だに看破できていなかった。

むしろ、今まで普通《ふつう》に使ってきたせいで、いきなり異世界の素材と言われてもピンと来ないのだ。どう見ても、ただの緩衝材《かんしょうざい》にしか思えない。

「ん？　ワタシは分かったよ？」

そんな俺の悩《なや》みをよそに、あっけらかんと答えるミルフィナ。

「え？　マジで⁉　この素材の情報が分かったら、レイゾウコをより使いやすくできるかもしれないんだぞ⁉　ミルフィナ、教えてくれ！　こいつの正体を！」

　俺は興奮のあまり、大きな声でミルフィナに詰《つ》め寄ってしまう。

「その素材はね……」

　間を溜《た》めて口を開くミルフィナ。その姿は、まるで人間に知恵《ちえ》を授《さず》ける女神様のようだ。

っていうか、やっとミルフィナに女神らしさが出てきたぞ！

「うんうん！　この素材は？」

　新素材開発に期待が膨《ふく》らんでくる。

「食べられない！」

　…………は？

「……俺の聞き間違《まちが》いかな？　も、もう一度訊《き》くけど、この素材に関してミルフィナが分かったこと、っていうのは何かな？」

　俺は人間の子供を相手にするように、努めて優しく訊《たず》ねた。

「えっとね！　その白いやつね、食べ物じゃないっぽいよ！　ちょっと欠片《かけら》を食べてみたんだけど、美味《おい》しくなかった！」

「大事な素材を食うなぁ！」

　一瞬《いっしゅん》でもミルフィナを頼《たよ》ってしまった自分を恥《は》じる……。

ミルフィナは女神ではあるけど、まだまだ子供の神様なのだ。

知識などは、俺たちレピシア人のほうが多く持っているくらい。

俺は、ミルフィナを天界から追放した神レピスに代わり、レピシアの色々なことをミルフィナに教えていくんだ。

教える、というよりも一緒《いっしょ》に学んでいきたい。

そんなことを考えていると、

「ウィッシュ、なに大声で叫んでんのよ。近所迷惑《めいわく》になるわよ」

魔王《まおう》軍の元幹部様に注意されてしまった。

「……はい、気をつけます」

近所迷惑どころか人間の街に攻《せ》め込んだ経験のあるリリウムに、低姿勢で謝《あやま》る俺。

アークのリーダーではあるが、パーティーではこんな扱いである。がんばろう、俺。

「そろそろ夕食ができるから、テーブルの上を片付けといてね」

実は今日の夕食、ノアとリリウムが二人で特別な料理を作ってくれていたのだ。

「今日はありがとうな！」

「ふふっ、ノアの手料理だからね。期待しててね！　私もちょっと手伝ったんだから♪」

得意気にウインクするリリウム。

そんなリリウムの仕草を見て、俺とミルフィナは二人して歓声《かんせい》をあげる。

そして、ノアが食事を持って居間にやってきた。

「お待たせしました。ミルちゃん、お腹空《なか》いちゃいましたよね⁉　大丈夫ですか？」

ノアは急いで料理をテーブルに並べていく。

「大丈夫だよ！　ノアお姉ちゃん！」

ミルフィナは、ノアではなくノアが並べている皿を凝視《ぎょうし》しながら答えた。

お皿からは、なにやら香辛料《こうしんりょう》のようなスパイスの効いた香《かお》りが漂《ただよ》ってきている。

俺もミルフィナと同じように用意された料理に目を向ける。

「……？　これは……初めて見る料理だな」

これでも元冒険者。レピシアに存在する料理は結構食べてきたつもりだ。

しかし、今日ノアが作ってくれた料理は、間違いなく俺が食べたことのないものだった。

なぜなら――

「すごーい！　この料理、茶色いよ⁉」

ミルフィナの言うとおり、茶色いドロッとした液体が皿に盛られているのだ。茶色い液体など、レピシアでは毒物以外には存在しな…………いや、あったな。

俺は最初にノアに会った時のことを思い出す。

「見た目は……その……独特ですけど……みなさんのお口に合うと嬉《うれ》しいですっ」

ノアは俺たちの反応を気にするように呟《つぶや》いた。

胸の前で両手をモジモジさせる仕草がなんとも愛らしい。

「……なるほど。この料理、ノアが生まれ育った世界のものだな？」

ノアがレピシアに召喚《しょうかん》される前に暮らしていた世界。俺からすれば異世界にあたる世界なのだが、そこには茶色い液体の飲み物が存在しているのだ。

以前、ノアに振《ふ》る舞《ま》われた『お茶』という異世界の飲み物だ。

今では、俺たちパーティーの日常的な飲み物になっているのだが。

「はい、そうですっ。これは、カレーという名前の料理ですよ」

「カレーか……不思議な名前の食べ物だな。それに、離《はな》れていても漂ってくる香りが凄《すご》い。鼻の奥《おく》のほうに火属性の魔法《まほう》を突《つ》っ込まれたような、ピリピリ感が襲《おそ》ってくる……」

きっと、この茶色い食べ物も『お茶』のような芳醇《ほうじゅん》な香りと味わいを楽しむものに違いない。

「いいから食べてみなさいよ。こういうのは何も考えずに食べればいいのよ。それがなんだったのかは食べた後に分かればいいわ。ということで、いっただきまぁ～っす！」

リリウムは、ノアの手伝いをしてる最中も味見しなかったんだろうな……。

俺もリリウムに倣《なら》い、用意されたスプーンで茶色い液体を掬《すく》って口に入れる。

……と、俺とリリウム、ほぼ同時に——

「「辛《から》ッッッ!!」」

赤くさせた舌を出して、同じ感想を発していた。

なにこれ、全然、お茶と違う！　鼻の奥どころか、喉《のど》の奥にまで火属性魔法が攻め込んできたかのように熱い。いや、辛いッ！

「ご、ごめんなさいっ。ちょっと辛かったですかね……？」

申し訳なさそうに謝るノア。

一方、そんな俺たちのやり取りを傍目《はため》に、ミルフィナはカレーを次々に自分の口に運んでいる。

「もぐもぐ……もぐもぐっ…………もぐもぐ……美味しいぃ！」

俺やリリウムの反応とは違い、幸せそうにカレーを食べるミルフィナ。

辛くないのか？　と訊ねようとした時——

辛さの中に感じる味の深み、また、具材の肉の脂身《あぶらみ》が舌に染《し》みわたり……俺の口内にも旨味《うまみ》が徐々《じょじょ》に広がりはじめた。

それはリリウムも同じようで。

「ちょ、ちょっと待って……これ、最初は辛かったけど、なんか今は甘味《あまみ》も感じるんだけど！　不思議！」

「ああ、マジで不思議だ……。茶色いのに………美味《うま》い！」

俺とリリウムは最初の反応とは違う感想を漏《も》らしていた。

「それは良かったです！　レピシアでは味を滑《なめ》らかにする調味料が不足していて、思うように辛さ調節できるか不安だったんですけど……食べられる辛さになっていて良かったですっ」

ノアは心底ホッとしたようで、表情を緩《ゆる》ませた。

「うん！　カレー美味しいよ、ノア。ありがとう！」

「うんうん！」

俺に続いて、リリウムも親指を立てて満足感を表している。

「おかわりぃ！」

誰《だれ》よりも早く食べ終わったミルフィナは、早速《さっそく》おかわりを要求していた。

どうやらミルフィナは辛さに強いらしい。

「ふふっ、やっぱりカレーはレピシアでも子供に人気なんですね」

「これ、前の世界でも子供に人気の料理だったのか？」

「はい。大人にも人気でしたけど、子供が大好きな料理でもありました」

これをレピシア人に売り出せたら、大人気料理になる予感がするぞ。そうなれば……。

「ウィッシュ？　なんか悪徳商人の顔つきになってるわよ」

イケないイケない。商魂《しょうこん》を出すと、すぐにリリウムにツッコまれてしまう。俺のこと、リーダーとしては認めてくれてるけど、商人としてはイマイチ信頼《しんらい》されてないんだよな……。

「――ミルちゃん⁉　ど、どうしたんですか⁉」

俺が商魂を出している隣《となり》で、突如《とつじょ》ノアが驚《おどろ》いた声をあげた。

ミルフィナがカレーを食べ過ぎて茶色にでもなってしまったのだろうか。

俺も慌《あわ》ててミルフィナの様子を確認してみる。

「ひ、ひ、光ってる⁉　ミルフィナが光ってる！」

――光っていた。

それはもう、後光が差す女神のごとくミルフィナは光《ひか》り輝《かがや》いていた。

「ミル⁉　あんた、一体どうなってるのよ⁉」

「ん～？　三人ともどうしたの？　早く食べないと、カレー冷めちゃうよ？　もぐもぐ」

ミルフィナは自分の身に起きている異変に気づかず、カレーを食べ続けている。

ミルフィナの身体《からだ》が光を放つ――

前にもあったことだ。

「そうだった……。忘れていたけど、ミルフィナは食べることで何かしらの成長を遂《と》げようとしているんだったな……」

「……そういえば……そうだったわね。なんか、いつも美味しそうに食べまくってるから、普通に私たちと同じ『食事』をしているのだと勘違《かんちが》いしてたわ……」

でも、前にミルフィナが光った時は、俺だけにしかミルフィナの光は感知できなかった。

もしかしたら、ミルフィナの成長度合いが、より高まっているということなのだろうか。

「ミルちゃんには何か自覚症状《しょうじょう》はあるのでしょうか？　悪い変化ではないんですよね？」

ノアが心配そうに訊ねる。

しかし、訊ねられたミルフィナはというと……、

「んー、分かんない！　ワタシに分かるのは、このカレーが美味しいってことだけだよ！」

えへへ、と純真無垢《じゅんしんむく》な笑顔《えがお》で答えるだけだった。

「まぁ、なんか幸せそうだし、大丈夫だろう………今のところは」

「そう……ですかね……」

「うんうん！　よく分かんないけど大丈夫！」

そう言って、この後ミルフィナはカレーを3杯《ばい》おかわりしたのだった。

◇◆◇◆◇◆◇◆◇◆◇◆

いつもどおり、四人で楽しく夕食を食べていた時のことだった。

「ごちそぉ〜さまでしたっ♪」

口元にクリームを付けたまま満足そうに言うミルフィナ。

ミルフィナの口を拭《ふ》いてあげようと、ノアが立ち上がった時——

——とうとう、その時がやってきた。

ミルフィナの小さな身体が再び輝き出したのだ。

「お、おい⁉ 今度は前の時よりも光ってるぞ⁉」

「ミルちゃん、大丈夫ですか⁉」

「へ〜？」

ミルフィナはポカンと口を開けて固まっている。

「私、魔族だからかしらね………なんかミルの光が……めちゃくちゃ眩《まぶ》しいわ……」

人間の俺も直視できないほど眩しい。

心配そうにミルフィナを抱《だ》きしめるノアだったが、数分後に光放出現象は収まった。

いつもの謎現象の終わり、と俺たちは胸を撫《な》でおろしたのだが……、

「――ちょっと⁉　今度はウィッシュの身体が光ってるわよ⁉」

リリウムが俺のほうを向いて、眩しそうに目を細めながら叫んだ。

「ははは。まさか、そんなことあるわけないだろ。俺は神様じゃないんだからさ」

人間の身体が光り輝くなんて、聞いたことない。稀有《けう》な光属性を扱う魔術師《ソーサラー》だって身体は光らない。そもそも、人間の身体は光るようにはできていな――

「ウィ、ウィッシュさんの身体が………光ってます！」

「え、えええええ⁉」

ノアに言われて、俺は慌てて自分の身体を確認してみる。

……先程《さきほど》までのミルフィナと全く同じ『光』を放っていた。

「ミルちゃんに続いてウィッシュさんまで……いったい何が起きているのでしょうか……」

「……あんた、まさか人間じゃなくて神様だったの⁉」

リリウムが恐《おそ》る恐《おそ》る訊ねてくる。

「そんなわけないだろぉ！　これ、きっとミルフィナの加護の影響《えいきょう》だろ⁉　な？　そうだよな、ミルフィナ⁉　ほ、ほらっ、早く光を収めてくれよっ」

「へ？　なんでウィッシュ兄、光ってるのぉ？　ウィッシュ兄、変なのぉ♪」

俺の動揺《どうよう》を知ることなく、ミルフィナは面白《おもしろ》そうに俺の身体を指差して笑った。

いや！　どぉー考えても、お前のせいだぞ、ミルフィナ！

心の中で幼い女神に悪態をついていると、やがて俺の身体から放出されていた光が消えはじめた。

そして――

「………温かいな。なんか……凄く穏《おだ》やかな心地《ここち》よさを感じる……不思議だ」

前にも経験したことのある『感覚』が俺を包《つつ》み込んだ。

この『感覚』。俺が希望の光《ウィッシング・ユー》をミルフィナに覚醒させられた時に感じたものだ。

ということは、つまり――

「ウィッシュ兄！　今の感じた⁉　なんかウィッシュ兄の希望の光《ウィッシング・ユー》に変化が起きたみたいだよ⁉」

とぼけた顔をしていたミルフィナも、ようやく自身の加護の力の変化に気づいたようだ。

「……ああ。ミルフィナから、光が俺に流れてくるのを感じるよ。俺とミルフィナ、心の奥深《おくふか》くで繋《つな》がっているのを強く感じる」

「え⁉　今、ウィッシュさんとミルちゃんが…………………心で繋がってる⁉」

なぜか当事者の俺とミルフィナ以上に興奮している様子のノア。

きっと、俺たちのことを心配しているのだろう。

ノアを落ち着かせるためにも説明しなければ。

「安心して、ノア。ウィッシュとミルは兄と妹みたいなもんだから」

「……そ、そうでしたね……すみません。ちょっと取り乱してしまいました……」

謎なフォローをするリリウムと、その言葉を聞き、謎の落ち着きを取り戻すノア。

「って！　兄と妹じゃないし！　女神と加護を授かった商人だわ！」

「ふーん？　で、そのミルの加護がどうなったのよ？」

「……えっと……なんか、俺の能力が進化したみたい」

不思議なことに、ミルフィナがたくさん食べる→ミルフィナが進化する→俺も進化する、という流れで、俺の希望の光《ウィッシング・ユー》が進化したようなのだ。

「なにそれ、凄いじゃん！　無限にお金《ルピ》を生み出せる能力⁉　それともブルベア肉を無限に食べられる能力⁉」

無限にお金《ルピ》を生み出せればブルベア肉も無限に食べられると思うのだが……。

満腹感や腹の限界を超《こ》えてブルベア肉を食いたいということなのだろうか。

俗《ぞく》な魔族の欲望こそ無限である。

しかし、俺の進化した能力はリリウムの言うようなものではない。

「情報解析《かいせき》能力……なのかな、これは」

俺自身、まだ自覚していなかった。

「は？　それって、今の弱点を見破るやつと同じじゃん！　お金増えないじゃん！」

「んー、ウィッシュ兄の能力の効果範囲《はんい》が広がった？　みたいな感じっぽいよ？」

俺と情報を共有しているミルフィナが代わりに答えてくれた。

「そうそう、そんな感じ。今までは生命体にしか効果なかったんだけど、無機物や人工物のことも詳《くわ》しく知ることができるようになったっぽい。商人風に言うなら、鑑定《かんてい》能力ってところかな。それも凄い鑑定能力」

「ふーん……なんか地味な進化ね」

ひどい言われようである……。

「私としてはウィッシュさんとミルちゃんが無事で良かったです。ウィッシュさん、お身体に問題はないのですよね？」

「ああ！　すこぶる快調だ！」

「それを聞いて安心しました……あっ、ミルちゃん、まだ口にクリームが付いてますよっ」

ノアはミルフィナの口元を優しく拭《ぬぐ》った。

そうして自然と日常に戻った俺たちだったが、この後、俺の進化した能力によってパーティー活動は大きな進展を見せることになる――


翌朝。

今日は元村長のゼブマンさん宅の改修工事の手伝いのため、日課の畑仕事はお休み。

俺は朝の余暇《よか》を利用して、進化した希望の光《ウィッシング・ユー》の能力の確認をおこなっていた。

「――ふぅぅう、ハァッ!!」

朝一番にノアが淹《い》れてくれた『お茶』めがけて掌《てのひら》を突き出す。

さぁ、見せてくれ！　俺の光よ！

「ウィッシュ、あんた何やってんのよ」

「へ!?」

「お茶に手をかざして変な声なんか出しちゃって。アークのリーダーとして悩み事があるなら私が相談に乗るわよ？　これでも一応、魔王軍のリーダーやってたこともあるし」

リリウムが、俺を心配するように話しかけてきた。

頭のおかしいヤツを諭《さと》すような口調なのが気になるが……。

「ありがとう、気持ちだけ受け取っておく。今は俺たちの未来に向けての大いなる一歩を踏み出している最中だからな」

「大いなる一歩って……出してるのは手じゃないのよ」

「変なツッコミは入れないでくれ。そういう問題じゃないんだ……」

……次からはカッコつけずに普通に能力を使おう。能力発動に決められた動作とか必要ないしな……。

「ふーん？　まぁいいけど。このお茶、ウィッシュが飲まないなら私が飲んじゃおーっと」

「あ！　ちょっと待て！　そのお茶はダメだ！」

「ん？　なんでよ？　もしかして、愛《いと》しのノアが自分のために淹れてくれたお茶だから～、とか言うんじゃないでしょうね？」

リリウムは腕組《うでぐ》みをして、茶化《ちゃか》すように言ってくる。

「そ、そうだ！　だから、このお茶は――」

「ウィッシュさん……そんなに喜んでくれていたのですか……う、嬉しいです……っ」

「へ⁉」

リリウムとアホな話を繰《く》り広《ひろ》げていたせいで、ノアが居間に来ていたことに気づかなかった……。

「今日のお茶はウィッシュさんの好きな種類の茶葉を使用したものだったので、喜んでいただけて私も嬉しいですっ」

そう言って、優しく微笑むノア。

「ノア……大事な部分を聞き逃《のが》してるわね……愛しの」

「そう！　この愛しの『煎茶《せんちゃ》』！」

「えっ？　ウィッシュさん、よくこのお茶の種類が分かりましたね？　まだ口をつけていないのですよね？」

「ああ。異世界の中《ちゅう》……国《ごく》？　とか日本？　という場所で多く飲まれている『煎茶』に相当する飲み物であり………え、えっと、『緑茶』の一種で、茶葉を煮出《にだ》して作るんだよな」

「そ、そうですけど……なんでウィッシュさんが中国や日本のことを……!?」

「？」

リリウムも目を丸くして俺をジロジロ見てくる。

「進化した希望の光《ウィッシング・ユー》の能力を使ったんだよ。ノアが作ってくれた『お茶』だけどさ、これは厳密に言えば、ノアが独自に作り出したレピシア版の『お茶』だろ？　情報解析の能力で、どういう判定をされるのか気になってさ」

「なるほど……たしかにウィッシュさんの仰《おつしや》るとおりです。私が使用した茶葉も作り方も、日本のものとは違い、レピシアに来てから本物を模して真似《まね》たものです」

「え？　でもさ、ウィッシュの能力では、本物、って判定されたのよね？」

「そうなんだよ！　ノアがレピシアで生み出した『お茶』は、ノアの故郷の『お茶』なんだよ！」

　もちろん、本物かどうかでノアのお茶の価値が変わることは一切《いっさい》ない。ノアのお茶は俺たちの大好きな飲み物で、大事な気持ちがこもっているのだ。

　──問題なのは俺の能力のほうだ。

「凄いじゃん、ノア！　異世界の飲み物をレピシアで完璧《かんぺき》に作り出すなんて！」

「い、いえ……私よりウィッシュさんのほうが凄いと思いますよ？　素材とか作り方、その歴史や背景までも知ることができるのであれば、レピシアの文明を大きく変えることができるかもしれませんから」

　ノアの言うとおりだ。

　ただの鑑定能力なんて思っていたが、実際に使用してみると進化した能力の凄さがよく分かった。

　材料だけじゃなく、対象物の作製者名までも判別できてしまうのだ。今回の『お茶』は、作製者オリベノア、と頭に流れてきた。しかし、凄いのはそれだけじゃない。

　この能力の凄さ──それは、異世界の情報までをも網羅《もうら》している、ということだ。さすがは異世界から人間を転生させることができる神々の能力である。人智《じんち》を超えている。

きっと、あの素材……ハッポウなんとかロールの正体も暴《あば》くことができるはず！

俺は期待を胸に、棚上《たなあ》げになっていた異世界の素材を調べるべく立ち上がった。

そして、ウエストバッグから白い物体をキュキュキュッという音とともに取り出す。

朝の散歩を終えて家に帰ってきたミルフィナも加わり、俺たち四人の視線は異世界の素材に集中する。

「……ごくり。この素材の情報が分かれば、私が毎日やってる水やりも今後は必要なくなるかもしれないのよね……そうなれば私も遠くまで旅行に行ける……そして、ブルベア肉をたくさん食べられる！」

リリウムの水やり——

追憶の樹海《フォルニウム》で調達した水の魔素をリリウムが加工して作った特製氷。その氷を溶《と》かさないために、リリウムが毎日おこなっている魔素の活性化作業のことだ。

外部からの火の魔素の浸蝕《しんしょく》に負けないよう、氷内部の水の魔素を循環《じゅんかん》させる作業。

しかし、ノアが言うには、断熱材なるモノがあれば、レイゾウコ内に侵攻《しんこう》してくる火の魔素を自然に遮断《しゃだん》できるらしい。まさに夢のような素材だ。そして今、俺の能力によって、その夢の素材の生成に近づくことができるかもしれないのだ。しかし——

「……ごくり」

生唾《なまつば》を飲むミルフィナ。

あぁ、もう！　この二人、進化した俺の能力よりも、絶対に肉のこと考えてるよ！

「ブルベア肉は、たくさん食べられないけどな。そんな金ないし」

「え⁉　食べられないのぉ⁉」

「えぇえぇえぇえぇえ⁉」

ミルフィナよ、そんな悲しい目で俺を見るんじゃない。そして、その幼女女神よりも落ち込むリリウムよ……面白いから、ずっとそのアホな表情のままでいてくれ。

もちろん、肉を腐《くさ》らせずに大量保管することはできるようになるだろう。

しかし、断熱材がレピシアにもたらす効果は『食』だけに留《とど》まらないのだ。

世の中には、熱に弱い物質や薬品などが数多く存在している。それらを長期保管することができるようになれば、医学の発展にも繋がってくる。まさに夢が広がる素材なのだ。

「……よし、それじゃあ情報を解析するぞ」

俺は変なポージングもせず、変な掛け声も発さずに、淡々《たんたん》と希望の光《ウイッシング・ユー》を発動させた。

——結果。

『レピシアで対象に該当《がいとう》する素材名なし。異世界の合成樹脂《じゅし》素材の一種である発泡《はっぽう》スチロールに酷似《こくじ》する素材。軟化《なんか》セルダインとルナライト、ブラックロアを配合し永久耐性《たいせい》と熱耐性を獲得《かくとく》したもの――』

その後、この素材に使用されている材料名が俺の頭の中に呪文《じゅもん》のように流《なが》れ込んできた。

……やはりレピシアで流通しているモノじゃなかったか。

それにしても、永久耐性と熱耐性が付与《ふよ》されているのか。……どうやら、異世界の発泡スチロールという素材ではなく、よりレピシアで使いやすく改良させた進化版らしい。

「ウィッシュさん？　なにか分かりましたか？」

ノアが興味津々《きょうみしんしん》に訊ねてくる。

いつも落ち着いて皆《みな》を見守ることが多いノアだが、異世界に繋がることに関しては積極的な姿勢を見せてくる。俺《おれ》への関心も、日本からの転生者だと勘違いしたことから始まったものだしな。もちろん、俺も俺の先祖もレピシア人なのだが。

「えっと、この物体なんだけど、ノアが前に話してくれた発泡スチロール？　という素材に近いモノらしい。それの機能強化版といったところかな」

「なるほど……たしかに、これは私の知る発泡スチロールとは少し違っているんですよね。発泡スチロールは、少し力を入れただけでパキパキ折れてしまうような脆《もろ》さがあるんですよ。でも、この物体は折り曲げても割れないどころか、形状を記憶《きおく》したまま形を保持できる……それでいて軽量……すべての面で元の発泡スチロールを超えています」

饒舌《じょうぜつ》に語るノア。

「ってことは、これはノアの世界の素材じゃなくてレピシア産の素材ってこと？」

リリウムが件《くだん》の素材をコンコンッと叩《たた》きながら言った。

「そういうことになるな。ただ……レピシア人が独自に作り出したモノだとは思えない。異世界の知識を元にして、それを発展させたモノと考えるのが自然だ」

この素材の製作には、それこそノアのような転生者の知恵と技術が必要になってくる。

「…………」

ノアの目が少しだけ見開いたように見えたのは俺の気のせいではないだろう。生まれ育った世界に想《おも》いを馳《は》せているのだろう。

大人びてはいるが、ノアにも様々な感情が溢《あふ》れ出てきているのだ。

「ねぇねぇ、ウィッシュ兄。ワタシの頭にも色々な単語が流れてきてるんだけど、材料は手に入れられそうなの？」

現在進行形で、俺の頭にも生成に必要な材料名が流れてきている。

「大半の材料は、すぐに用意できそうなものばかりだ。軟化セルダインとルナライトがちょっと厄介《やっかい》だけど、アストリオンに行けば手に入るだろう。問題は……ブラックロア？　っていう素材だ。商人の俺でも聞いたことない素材なんだよな……」

一つでも材料が揃《そろ》わなければ、この奇跡《きせき》の素材は作れない。なんとかして入手方法を探《さぐ》るしかない。

「ブラックロア……私も知らない名前です。少なくとも異世界のものではないです」

「ってことは、レピシアで手に入る素材ってことだな。望みはありそうだ！」

異世界の素材を作るのに異世界の材料が必要になる、なんてことだったら製作を諦《あきら》めざるを得なかった。まだまだ希望はある！

「…………ブラックロア、か」

「ん？　リリィどうしたのぉ？」

「リリウム、もしかして知ってるのか？」

「あっ、ごめん。なんか聞いたことあるような？　って思ったんだけど……思い出せないのよね……。気のせいだったのかもしれないわ」

「そっか……まぁ、なにか思い出したら教えてくれ。とりあえず、俺はアストリオンに飛んで、軟化セルダインとルナライトを買ってくるとするよ。あと――」

その時、俺は思わず言葉に詰まってしまった。

頭に流れ込んできていた材料名が止まった後、最後に思いもしなかった情報が飛び込んできたからだ。

『作製者――』

この素材の作製者の名前を知って、俺は身体が固まってしまった。

「ウィッシュさん？」

口を開けたまま止まっていた俺に、ノアが心配そうに訊ねてくる。

「ああ……ごめん。この素材、俺のひい祖父《じい》ちゃんが作ったモノらしい。ひい祖父《じい》ちゃんの名前が作製者になってた」

俺のご先祖様が、こんなトンデモない素材を作り出すなんて……。

その事実を突きつけられた俺の心は、衝撃《しょうげき》と困惑《こんわく》の気持ちで溢れかえっていた。

「そうでしたか……ウィッシュさんのひいお祖父《じい》さん、一体どんな方だったのでしょうね」

「凄い商人さんだったのよね？　でも、こんな凄いものを作り出すなんて、商人というよりも発明家よね。レピシアで名前が広がっていないのが不思議なくらいの人物だわ」

「ウィッシュ兄のひいお祖父《じい》ちゃん、すご－い！　名前は不思議な感じの響《ひび》きだったけど」

ノア、リリウム、ミルフィナの三人から興味を持たれ、賞賛されるひい祖父《じい》ちゃん。直接会ったことはないが、みんなに褒《ほ》められると俺も誇《ほこ》らしい気分になってくる。

「ひいお祖父《じい》さん、なんという御《お》名前の方だったのですか？」

ノアが何となくといった感じで訊ねてきた。

「え？　サブローだけど」


俺も普通に答えた。

しかし――

「えええええええ!!　サブローさん!?　なんですか！　その御名前！」

これまでに聞いたことないようなノアの叫《さけ》び声《ごえ》が室内に響き渡《わた》った。

「んー？　そんなに気にするような名前かしらね？　私からしたら、ウィッシュもサブローも名前的には大して変わらないわよ？」

いや、そこは変わるだろ……。

前から気になってたが、魔族《まぞく》のネーミングセンスは一体どうなってんだ……。

「ぜんぜん違《ちが》いますよっ！　だって…………『サブロー』は私の元居た世界で使われていた名前なんですから！　絶対に日本人です！　そして、三男の方に違いありません！」

こんなに興奮して話すノアは初めて見る。

「よく分からんが、偶然《ぐうぜん》じゃないのか？　まぁ、たしかにレピシアでは、ちょっと聞かない珍《めずら》しい名前だけどさ」

「私が暮らしていた日本では、ごくごく普通《ふつう》の一般的《いっぱんてき》な人名ですよ！　私の世代にはあまり居ませんでしたけど、ひいお祖父《じい》さん世代には多かったはずです！　絶対に三男の『三郎《さぶろう》』さんです！」

ノアは力強く言った。

「う～ん。ひい祖父《じい》ちゃんがノアと同じ日本人？　ってことは転生者ということになるんだが……にわかには信じがたいな……」

進化した希望の光《ウィッシング・ユー》によって、まさか俺の先祖の出自まで追われてしまうとは……。

ってか、名前だけなら、いつでも教えられたのだが……まさか『サブロー』が異世界の人名だとは思わないじゃん……。

「ひいお祖父《じい》さんがどこの人だったとしても、ウィッシュはウィッシュよ。アホな商人でアークのリーダーで……私たちパーティーの仲間よ」

「うんうん！　そうだね！　ワタシにとっては、お兄ちゃんでもある！」

「ありがとう、リリウム、ミルフィナ」

お兄ちゃん、ではないけどな。

「……ごめんなさい。衝撃的《しょうげきてき》な名前を聞いてしまい、つい興奮して詰《つ》め寄ってしまいました……リリウムさんとミルちゃんの言うとおりですね。ウィッシュさんが私にとって……私たちにとって大事なヒトであるということに変わりはありませんっ」

申し訳なさそうに謝りながらノアは言う。

「ありがとう、ノア。ひい祖父《じい》ちゃんのことも気にはなるけど、今は発泡スチロールだ！　さっそく俺はアストリオンに行ってくるぜ！　フォルニスに乗っていくから、みんなはアークの留守番を頼《たの》んだ！」

「アストリオンに行くって……ゼブマンさんの家の改修工事はどうするのよ？」

「…………あ」

すっかり忘れてた。ごめんなさい、ゼブマン元村長……。

「大丈夫《だいじょうぶ》ですよ。ウィッシュさんの分も私たちが頑張《がんば》りますっ！」

ノアは両手を握《にぎ》り拳《こぶし》にして気合を入れる。

「じゃあ工事はリリィとノアお姉ちゃんに任せて、ワタシたちは追憶《フォルニウム》の樹海に向かおっか♪」

「ミル～？　なに自然に付いて行こうとしてんのよ。ミルはお留守番よ。代わりに……ノア」

「はい？」

「ノアがウィッシュと一緒《いっしょ》にアストリオンに行ってきなさいよ。ウィッシュ一人じゃ不安だし、ノアがしっかりと面倒《めんどう》見てあげて」

「でも改修工事が……」

「工事のほうは私に任せておいて！　これでも、魔王《まおう》軍に居た時に改修工事は何度もやってきたからねっ」

胸を張って、自慢《じまん》げに言うリリウム。

幹部なのに城の改修工事をやらされてたのか……。

リリウムの誇らしげな表情に反し、俺は同情の念を禁じえなかった。

「ありがとうございます、リリウムさん！」

こうして、俺とノアはフォルニスに乗ってアストリオンへ向かうことに。

出立する際、リリウムがノアに「頑張ってね」と小さく囁《ささや》いていたのが気になったが……。

きっと、リリウムは商人の俺よりもノアのことを信頼しているのだろう。

目当ての材料を調達し、商人としての実力をみせよう――

俺はフォルニスの背に乗りながら、静かに燃えていた。

◇◆◇◆◇◆◇◆◇◆◇◆

正午過ぎ――

俺とノアは、フォルニスに乗って無事にアストリオンへ到着《とうちゃく》。

「フォルニス、ありがとうな」

「おう！　じゃあ、オレ様は人間たちに見つからねーように、向こうの山で休んでるからな！」

「悪いな。お前も一緒に街の中に入ることができればいいんだけど……」

「フハハハハッ！　そいつは無理だぜッ！　人間たちが驚いて逃《に》げちまうからよ！」

フォルニスは「気にすんな！」と言って、空高く舞《ま》い上がった。

「夕方までには戻《もど》るからなぁぁぁぁ！」

俺は空に向けて大声で叫ぶ。

「……いつか、フォルニスさんとも自由に歩き回れる日が来るといいですね」

「そうだな」

遠くの山へ飛んでいくフォルニスを見送り、俺とノアはアストリオンの門をくぐった。

素材を売りに来た時以来のアストリオン――

街の大通りでは、大剣《たいけん》や杖《つえ》を持った冒険者《ぼうけんしゃ》たちが闊歩《かっぽ》している。その瞳《ひとみ》からはギラギラとした威圧的《いあってき》な光が放たれており、日々、戦いの中に身を置いていることが窺《うかが》い知れる。

「のんびりしたアークの雰囲気《ふんいき》とは、やはり違いますね」

「冒険者の街だからな。彼《かれ》らが身に付けた筋肉は畑を耕すためのものじゃなくて、魔物《まもの》と戦うためのものだ。ここは弱肉強食の考え方が浸透《しんとう》してるから、色々と注意しないと」

……色々、とな。

「はい……」

レピシアへ転生した後、この街で下級国民として扱《あつか》われてきたノアは、その厳しい環境《かんきょう》を身をもって経験している。

もし、ノアを傷つけるような人間が現れたら…………今なら俺が全力で守ってみせる。

不安そうな表情で街中を見渡《みわた》すノアを見て、俺は拳を握りしめた。

その時だった――

「あぁん？　嬢《じょう》ちゃん、今、オレのほうを見てたろ？　なんか用かぁ？」

大男が威圧《いあつ》するようにノアに詰め寄ってきた。

「い、いえ、私は見てませんっ」

「おおぉ？　もしかしてよぉ、オレと一緒にパーティー組みたいってかぁ？　いいぜ、いいぜ！　お前みたいな可愛《かわい》いオンナなら大歓迎《だいかんげい》だ！」

背中に大きな剣を装備していることや、顔に戦で付けたと思われる傷を負っていることからも、大男が歴戦の冒険者であることが分かる。

だが、そんな風貌《ふうぼう》に気圧《けお》されて、黙《だま》って今の状況《じょうきょう》を見ているわけにはいかない。

「おい。勝手に話を進めるな」

俺は、ノアの手を無理やり引っ張ろうとしていた大男の腕《うで》を掴《つか》んで言った。

「あぁん？　なんだ、お前？」

「俺は、この娘《こ》のパーティーメンバー…………仲間だ」

「はぁ？　お前みたいな冒険者、ギルドで見たことねーぜ？　まぁ……オレに文句があるってんなら…………ヤッてやってもいいんだけどよぉッッッ!!」

大男は俺の手を乱暴に振《ふ》りほどいて凄《すご》んでみせた。

変な言いがかりを付け、強制的に自分に従わせる。それも武力を背景にして。

こういう輩《やから》は昔から居た。

しかし、こうも運悪く遭遇《そうぐう》することになるとは……ツイてない。

「ウィッシュさん……大丈夫でしょうか……。私が、この方に勘違いである旨《むね》をちゃんと説明したほうが良いですよね」

「いや、冒険者とのこういうイザコザの解決には別の手段を用いたほうがいい」

もちろん、俺も対話が最善の解決手段だと思う。しかし、相手が対話できる状況かどうかは、その時々によって変わってくる。そして、相手が戦闘《せんとう》に明け暮れているような冒険者の場合、初手での話し合いは失敗することがほとんどだ。特に、こういう手合いに関しては。

「でも、相手の方を傷つけるようなことは……」

ノアは優《やさ》しいな。まぁ、お相手さんの顔、既《すで》に傷だらけなんだけど。

「大丈夫、ノアは俺が守るから。後ろで見ていてくれ」

ノアは俺の指示に従い、大男から離《はな》れ、後方へ控《ひか》えた。

「おいおいおいおい！　マジかよ、マジでオレとヤリ合う気かよ！　見たところ大した武器も持ってない冴《さ》えない商人がよぉ！　Bランク冒険者のオレと勝負するだとぉ⁉」

男の大きな声のせいか、周囲を歩いていた住民や冒険者たちが歩みを止《と》め、俺たちのやり取りを眺《なが》めはじめた。大男が大剣を抜《ぬ》いたところで、静かに見ているだけだった彼らも声を漏《も》らし、やがて周囲に喧噪《けんそう》が広がっていく。

「おい見ろよ、ニックがまた騒動《そうどう》を起こしてるぜ」

「相手のヤツも可哀想《かわいそう》に。ニックに敵《かな》うわけないさ、アイツには弱点がないからな」

「あーあ、あの娘《こ》もニックの女になるのかー、同情するぜ」

――Bランク冒険者。Aランクが最上位なので、ギルドからは、かなりの評価を受けている冒険者だ。俺はDランクだから完全に格上の相手である。

「んだぁ、その貧弱な武器はよぉ⁉　そんなんでオレの剣を受けようってのかよ！」

ニックという目の前の大男は、俺が手に持って構えた伐採《ばっさい》用ナイフを見て叫んでいる。

「…………」

「フンッ、だんまりかよ。臆病風《おくびょうかぜ》ふかせて逃げてりゃいいものを……オレを相手にしたことを後悔《こうかい》しやがれェエエ‼」

ニックは大剣を構えるや否《いな》や、俺に向けて突《つ》っ込《こ》んできた。

俺は相手を過小評価しているわけではない。

集中して希望の光《ウイッシング・ユー》を発動させていたのだ。

『対象名――ニック。戦士ギルド所属のBランク冒険者の人間男性。

年齢《ねんれい》――32歳《さい》、独身。

得意技《とくいわざ》――大剣を頭上に振り翳《かざ》した後に放つ、打ち下ろし。大剣を地面と水平方向に構えた後に放つ、薙《な》ぎ払《はら》い。

弱点──雷魔法《かみなりまほう》。

特記──幼少期、自身の近くに雷が落ちたことにより恐怖心《きょうふしん》を抱く。現在に至るまで恐怖感が消えておらず──』

おぉい！　要《い》らない情報が多すぎるわ！　なんだよ32歳独身って！　なんだよ幼少期の思い出！　戦闘に活《い》かせる情報だけでいい！　変なところを進化させんなって！

まぁ、攻撃《こうげき》方法だけは分かったが……。相手の胸元《むなもと》が光っていることから、あそこが弱点箇所《かしょ》だろう。しかし、俺の戦闘技術でBランク冒険者の攻撃を掻《か》い潜《くぐ》るのは至難の業だ。

突進《とっしん》してきていたニックが、大剣を地面と水平方向に構え直す。

──これは、薙ぎ払い！

「ウィッシュさん!!」

悲痛な叫び声をあげるノア。

「ブチまけろォォォ！　雑魚《ざこ》商人がよォォォ！」

大剣の剣身が風を裂《さ》きながら襲《おそ》ってくる。

俺は瞬時《しゅんじ》に相手の大剣に向けて希望の光《ウィッシング・ユー》を発動させた。

剣身に、輝きを放つ小さな『光』――

「――クゥッ!!」

俺は、その光めがけて一直線にナイフを斬りつけた。

ナイフ攻撃によってニックの大剣は弾《はじ》かれ、刃《やいば》と刃が共鳴した高音の反射音が周囲に鳴り響く。

「んなッ⁉　パ、パリィだと⁉」

パリィ――相手の攻撃を武器によって受け流す戦闘技だ。

しかし、商人の俺にそんな技が使えるわけない。今のはパリィなどではない。

「ウィッシュさん！　大丈夫ですか⁉」

ノアが俺の隣《となり》に駆《か》け寄ってくる。

「ああ、大丈夫だ」

「て、てめぇ……ッ!!　パリィくらいで調子にのんなよ……ッ!!」

「いいや、もう終わりだ」

俺は静かにナイフを鞘《さや》に納めた。

そんな俺の仕草を訝《いぶか》るニック。

直後――

ニックが持っていた大剣は、ピキピキッと音を立てて……真っ二つに、へし折れた。

「な、なんだとぉ⁉　オレの最強の愛剣ガルガンチュアがぁぁぁ‼」

ニックは膝《ひざ》から地面に崩《くず》れ落ち、折れた剣の残骸《ざんがい》を見て叫び声をあげる。

ただ攻撃を受け流すだけのパリィとは違い、武器を弾いた上、破壊《はかい》してしまうこともできる『希望の光』――伐採用ナイフで大剣に勝つことも可能であり、相手の戦意も同時に折ってしまう能力である。

「俺は俺の大切な仲間のためなら命を懸《か》ける。まだノアに付きまとう気なら、俺は容赦《ようしゃ》しないぞ」

俺が言うと、ニックの顔が見る見るうちに青ざめていく。

自分の力を誇示《こじ》するために希望の光《ウィッシング・ユー》を使うつもりはない。しかし、仲間を守るため――仲間の居場所を守るためなら俺は躊躇《ちゅうちょ》することなく、このチカラを使用する。

「ヒッヒィイ‼　い、いや、オレも、そのよぉ……ちょっとした冗談《じょうだん》だったんだッ！　み、見逃《みのが》してくれぇぇぇ」

見逃すもなにも、自分のほうから喧嘩《けんか》を吹《ふ》っかけてきたのに……よく言う。

急いで逃げようとする大男ニックに向けて、俺は一言だけ告げてやる。

「雷は、そうそう自分に落ちることはないから安心しろ」

「へ⁉　か、雷ぃ⁉　………は、は、はひぃ！」

奇声《きせい》を発しながらニックは逃げていった。

あの男にとっては、この出来事が雷に打たれたようなものだろうが。

「すげぇ！　あの青年、ニックを負かしちまったぜ⁉」

「まさか、ガルガンチュアを折っちまうとはな……」

「化け物かよ！　あいつ！」

周囲にいた冒険者たちから、次々と歓声《かんせい》と驚嘆《きょうたん》の声があがる。

その中で一人、安堵《あんど》の声を俺に向ける人物がいた。

「ウィッシュさん、無事で良かったですっ」

もちろんノアだ。

「約束どおり、アイツは傷つけなかったぜ。剣は壊《こわ》しちゃったけど」

「ありがとうございますっ。私の不注意でウィッシュさんを危険な目に遭《あ》わせてしまいました………迷惑《めいわく》は掛《か》けない、って決めていたのに」

そんなこと考えていたのか。

「なに言ってんだ。ノアのせいじゃない。さっきも話したろ？　この街の冒険者は、常に自分よりも弱い獲物《えもの》を狙《ねら》ってるんだ。しかも、魔物だけじゃなく、人間も標的にしてな」

「……はい。私も、もっと強くなりた……いえ、強くなります！」

「ノアは今のままで充分《じゅうぶん》強いよ。今のままで良いんだ」

ノアは出会った時よりも強くなっている。特に精神的な部分で。

さっきのニックという冒険者は、ノアの強さ弱さという面ではなく、女性としての魅力《みりょく》に惹《ひ》かれ行動を起こしたのだと思うのだが……まぁ、ノアには黙っておこう。

「…………いつか、私がウィッシュさんを守れるようになれたら――」

ノアが思《おも》い詰めたように呟《つぶや》いた言葉。

なぜだか、俺の脳裏《のうり》に焼き付いて離れなかった。

◇◆◇◆◇◆◇◆◇◆◇◆

冒険者ニックとのイザコザの後、俺たちは目的の雑貨屋に来ていた。

「ウィッシュさん、ここが目的のお店ですか？」

「ああ、そうだ。胡散臭《うさんくさ》い店主がやってる店だけど、品揃《しなぞろ》えだけは豊富だから」

ここは、俺がアストリオンを拠点《きょてん》にしていた頃《ころ》に利用していた馴染《なじ》みの店だ。

きっと軟化セルダインとルナライトもあるだろう。

「おお？　これはまた懐《なつ》かしい顔がやってきたな！」

店に入ると、すぐさま俺に声が掛けられた。よく聞きなれた濁声《だみごえ》だ。

「おっちゃん、久しぶりだな」

「ここ最近、ぜんぜん店に来ねぇと思ってたけど、なにしてやがったんだ？　なんか、ちょっと見ねぇ間に顔つきも凛々《りり》しくなっちまってよぉ」

自分でも気づかないうちに俺も成長していたのだろうか。

ちょっとだけ、気恥《きは》ずかしい気持ちになる。

「じつは、活動拠点をアストリオンから別の場所に移したんだよ」

「おう、そうだったのか。まぁ、今のアストリオンは治安も悪いし、商人が活動するにはキツい環境だからな」

「そうなのか？　なんか大通りでは殺気立ってるような雰囲気も感じたけど……」

「なんだウィッシュ、知らないのか？」

「なにを？」

「勇者レヴァンがパーティーを解散させた後、どっか行っちまったんだよ。それ以来、次の勇者は自分だ！　って言って、色んなところから冒険者が押《お》し寄せてきてるんだ」

「え⁉　レヴァンがパーティーを……解散⁉　マジか……」

俺がレヴァンと最後に会ったのは……レヴァンが聖騎士ガリウスを連れてアークにレイゾウコを見に来た時だっけか。

あの時は、なんかよく分からない内にガリウスと一緒にアークを飛び出しちゃったけど……まさか、パーティーを解散させるようなことになっていたとは……。

「それからだ、アストリオンの治安が悪くなったのは。血の気の多い連中が競《きそ》うようにギルドの依頼《いらい》を奪《うば》い合っててな。他の冒険者を蹴落《けお》としながら自分の冒険者ランクを上げてるのさ。俺からしたら、魔王軍や魔物よりも今の冒険者のヤツらのほうが凶悪《きょうあく》に見える」

「そんなことになっていたのか……」

さっきのニックという冒険者も、おそらく俺がアストリオンを離れてから、ここにやってきたんだろう。どうりで俺と面識が無かったはずだ。

……勇者なんて誰《だれ》にでもなれるもんじゃないのに。

勇者というのは、レピス教会のお偉《えら》いさんに加護を授《さず》けられた、特別な者にのみ許される称号《しょうごう》だ。ただ強いというだけで、誰でも勇者になれるわけではない。

「また深淵《アビス・アイス》なる銀氷リリウムでも攻《せ》めてきてくれれば、連中も一丸となってまとまるのかもしれねぇがな………っと、これはさすがに不謹慎《ふきんしん》だったたか」

「リ、リリウムさんは人間の街を攻めたりしませんよっ」

それまで黙って話を聞いていたノアが、いきなり割って入ってきた。

「んん？　なんだい嬢ちゃん、ウィッシュの連れかい？　ウィッシュが女連れなのも珍しいが……しかも、こんな可愛い…………。それで、リリウムがどうしたって？」

「まぁまぁ、おっちゃん、リリウムのことは置いといて。ちょっと買いたいものがあるんだけど」

リリウム関係の話を逸《そ》らすため、俺は本題に移った。

ノアの気持ちも分かるが……リリウム……あいつ、実際に攻めてきたしな……。

「ん？　……で、なにを買いに来たんだ？」

「軟化セルダインとルナライトだけど、店に置いてあるか？」

「あぁ？　そんなもん買いに来たのかよ？　まぁ、俺の店はなんでもあるから、もちろん置いてあるけどよ！」

「おお、さすがだな！　おっちゃん！」

商人として持つべきものは、やはり人脈と情報だな。ここはアストリオンでも穴場の雑貨屋であり、普通の冒険者は立ち寄らないどころか存在も知らないだろう。

しかし、俺は勇者レヴァンのパーティーで活動していた頃から、よくこの雑貨屋を利用していた。店主のおっちゃんには何度か痛い目にも遭わされているが、商人としての『授業料』だと割り切って、商売のイロハを学ばせてもらったものだ。

「まさか、そんなシケたもんだけを買いに来たわけじゃやねぇよなぁ？　おい、これを見てくれよ！　あの伝説の魔道具師ギーメル作の逸品《いっぴん》だ！　こんな凄《すげ》ぇ魔道具、アストリオンじゃ中々お目にかかれねぇぜ⁉　どうだ⁉　ちょっとくらいなら割り引いてやるぜ？」

おっちゃんは商売人の顔になり、店の目玉商品と思《おぼ》しき腕輪《うでわ》を見せてきた。

腕輪には派手な彫刻《ちょうこく》が彫《ほ》られており、魔術師《ソーサラー》の魔力《まりょく》を増大させる魔道具の一種ということが窺える。見た目的には非常に高価そうな装備品である。

「…………」

「なんだぁ？　たしかにウィッシュのような商人には効果がねぇけどよぉ、パーティーの魔術師《ソーサラー》に装備させれば魔力も大幅《おおはば》に上昇《じょうしょう》！　狩《か》りも安定するぜぇ？　ほらっ、連れの嬢ちゃんなんかピッタリじゃねぇか？　得意な魔法《まほう》で仲間の窮地《きゅうち》も救えるぜ？」

「……あっ、いえ……私は魔法を使えないので……」

ノアの表情が曇《くも》る。

「なんだい、そうなのか。まぁなんにしても、これは超《ちょう》レア装備だ。今ここで買っておかねぇと、二度と手に入らないぜ！　商人として転売用に仕入れるってのも考えて………って、ウィッシュどうしたよ？　そんなに腕輪をガン見して……」

『対象物名、シルバーブレスレット。レピシアで製造される、ごく一般的な魔道具。魔術師の保有魔力を少量だけ上昇させる効果あり――』

製作者名にも、伝説の魔道具師ギーメルの名前は出てこなかった。

さすがは、誰も寄り付かない穴場の雑貨屋だ。危《あや》うく俺もカモにされるところだった。

希望の光《ウイッシング・ユー》を使用して良かった。これは仲間の危機だった、主に経済的な面で。

「おっちゃん、その安物の腕輪はいらないから、早く軟化セルダインとルナライトを出してくれ」

というか、よく考えたら俺のパーティーに魔術師《ソーサラー》いなかったわ。

……いや、いたけど絶対に必要ないわ。いくら魔力を上昇させても魔法使えないし。

「ッチ、しばらく見ねぇうちに鑑定眼《かんていがん》も鍛《きた》えてやがったか………ったく、ほらよ。軟化セルダインとルナライトだ。それにしても、こんな需要《じゅよう》の少ない素材を仕入れるなんてよぉ、商品のトレンドを掴む商売人の勘《かん》は鈍ったんじゃないのかぁ？」

「これから、そのトレンドを作り出すのさ。その素材でな！」

「ふーん？　まぁいいけどよ。こんな売れ残り、買ってくれるだけで俺としては万々歳《ばんばんざい》だ」

おっちゃんが価格を提示し、俺がルピで支払《しはら》いをしようとした時——

店内に陳列《ちんれつ》された商品を静かに見つめるノアの姿が目に入った。

「ノア？　どうした？　なにか気になるものでもあったのか？」

ノアのもとへ行き、訊《たず》ねてみた。

「あっ……い、いえ！　な、なんでもありませんっ。目当ての素材は買えましたか？」

明らかに何かありそうな表情なのが気になる。

「ああ、無事に買えそうだよ」

俺は答えながら、ノアが見つめていたモノを確認《かくにん》した。

——銀のリング。

おそらく、さきほどのシルバーブレスレットと同じ魔道具の一種だろう。そのリングを
ノアは間違《まちが》いなく眺めていた。なんの彫刻もない、ただの指輪。

「おーい、ウィッシュ。会計がまだだぞぉ？」

「すまん、ちょっと待っててくれ」

「ウィッシュさん？　どうしたのですか？」

ノアが不思議そうに訊ねてくるが、疑問符《ぎもんふ》が浮《う》かんでるのは俺の頭のほうだ。

「……この指輪。欲《ほ》しいのか？」

「えっ？　………あっ！　いえ、そ、そのっ」

「ノアが眺めてるのが目に入ったからさ。その指輪、気に入ったのかなぁって思って」

魔術師《ソーサラー》じゃないノアが魔道具のリングに興味を持つというのも不思議な感じがするが。

きっと、この魔道具に何か惹かれるところがあったのかもしれない。

「………その……ちょうど同じのが２つあって……なんだか結婚《けっこん》指輪……みたいだなって……」

「へ？　結婚……指輪？」

……なんだろう、それ。ぜんぜん聞いたことないけど……。

結婚と指輪に何か繋《つな》がりがあるのだろうか。それとも、特別な指輪を意味する用語なのだろうか。異世界に関する話だとは思うのだが……。

「あっ、ごめんなさい……こちらの世界では結婚指輪という風習は無かったですね。私も……もう、そんな経験することもないですし……」

そう呟いたノアの表情は、どこか憂《うれ》いを帯びているようだった。

「よく分からないけど、資金はまだ余ってるから２つくらいなら買えるぞ？」

前に追憶《フォルニウム》の樹海で収獲《しゅうかく》した素材を売って手に入れたルピ。アークで使うことはないので、充分な額が余っているのだ。ノアが欲しいなら是非《ぜひ》買ってあげたい。日頃《ひごろ》の感謝も込めて。

「おぉ？　嬢ちゃん、良い魔道具に目を付けたなぁ？　そいつぁ、伝説の金細工師オラクルの遺作で、その2つが最後の指輪だ！　この前、来店した冒険者が凄ぇ欲しがってなぁ～。実は今、その冒険者と交渉《こうしょう》中なんだが、2つまとめて買うってんなら嬢ちゃんに購入《こうにゅう》権《けん》をあげてやってもいいぜぇ？」

「いえ、大丈夫です！　そんな高価なもの私には釣《つ》り合いませんし、勿体《もったい》ないですからっ」

『対象物名、シルバーリング。レピシアで製造される、ごく一般的な魔道具。魔術師の保有魔力を少量だけ上昇させる効果あり。また、外部の魔力と装備者の魔力を繋ぐ、魔力伝導の効果も併《あわ》せ持つ――』

もう反射的に希望の光《ウイッシング・ユー》を使用していた。

まぁ、予想どおりの結果なんだが……。呪《のろ》い効果が付与《ふよ》されている、なんてことも有り得るからな。一応、念のため。

それにしても、魔力伝導とは……？　まぁ、魔術師《ソーサラー》じゃないノアには関係ないか。

「ごくごく一般的なシルバーリングだから問題ないぞ。呪われてもないみたいだし。レピシアでは魔術師《ソーサラー》じゃない人間が指輪を装備するのは珍しいけど」

「いえ、魔道具としてではなく……自分にとって大切な人とペアで嵌《は》める、って……ちょっとした憧《あこが》れを持っていたもので………すみません、忘れてくださいっ」

両手を大きく振って恥《は》ずかしそうに言うノア。その顔は紅潮している。

「それなら、俺《おれ》はノアに指輪を買うよ。俺にとって、ノアは大切な人だからな！」

「え⁉　えええええ⁉」

「ん？　大切な人と一緒に装備するんだろ？　ノアは嫌《いや》なのか？」

「い、いえ！　そ、そ、そんなことはありません！　嬉《うれ》しいです！　とっても嬉しいです！　ただ……凄く自然に言われてしまって、驚《おどろ》いてしまいました……」

「じゃあ、俺も同じリングを買って、指に装備していいってことだな？」

「はっ、はい！　もちろんです！　私にとってウィッシュさんは、とても大切な男性《ヒト》ですからっ」

ノアは顔を真っ赤にして言った。

――もちろん、俺にとってもノアは大切な仲間《ヒト》だ。

『家族』のような安心感を与《あた》えてくれる存在のノアに対しては、常日頃《つねひごろ》から感謝の気持ちを抱《いだ》いている。ノアも俺を『家族』の一員だと認めてくれているようで、パーティーのリーダーとして、なんだか嬉しい気持ちになる。

その後、俺はシルバーリング2つを追加して会計を済ませた。もちろん適正価格で。

「……ったく、無駄《むだ》に鑑定眼を上げやがってよぉ」

「ふふっ、おっちゃん。俺のことは、もうカモにできないぜ？　……っと、そうだ。一つ訊《き》きたいんだけどさ、ブラックロアって素材、知ってるか？」

「ブラック……ロア？　はて？　聞いたことねぇな」

おっちゃんは素材情報に関してはプロ中のプロだ。おっちゃんでも知らないとなると、いよいよもって強化版発泡《はっぽう》スチロール作りが暗礁《あんしょう》に乗り上げてしまう。

でも、ひい祖父《じい》ちゃんが実際に作ったんだ。どこかに必ず存在している素材のはず……。

「そっか、ありがと！　じゃあ、また素材が追加で必要になったら来るよ！」

「おう！　またいつでも来い！　………にしても、恋人《こいびと》同士で贈《おく》り合うペアリングか……こりゃあ上手《うま》くすれば良い商売になるかもしれねぇぞ！」

店を出る際、おっちゃんの悪そうな呟き声が耳に届いてきた。

……俺とノアは恋人ではないのだが。おっちゃんは何か勘違《かんちが》いして、新たな商売を思い付いたらしい。悪どい商売でなければ良いのだが……。

店を出た時には、周囲はオレンジ色に染まっていた。

「ウィッシュさん……一つだけ、お願いしても宜《よろ》しいでしょうか？」

神妙《しんみょう》な顔で訊ねてくるノア。

「お願い？　なんだ？」

「あの……先程《さきほど》の指輪ですけど……私の指に嵌めていただけないでしょうか？」

ノアは、やや上目遣《うわめづか》いに、照れたように言った。

ノアの顔が朱《しゅ》に染まり始めているのは、夕陽《ゆうひ》の光を浴びているからだろうか。

「ん？　俺が？　ノアの指に？」

「……はいっ」

ノアの耳が先のほうまで紅《あか》く火照《ほて》っていく。

——きっと、ノアにとって大事なことなんだろう。俺も真面目《まじめ》に答えよう。

「わかった」

俺が言うと、ノアは少し迷ったようにして、自分の右手を俺に差し出した。

ノアの人差し指にリングを嵌めようとすると——

「あっ……え、えっと……その指ではなく……で、できれば……薬指に……っ！」

「……ん？　っと、これでいいかな？」

俺は言われるがまま、ノアの右手の薬指にリングを嵌めた。

「は、はい……ありがとうございますっ！　左手のほうは………いつか……」

左右の手……また、人差し指と薬指で何か効果が変わるのだろうか？

俺には意味が分からなかったが、これもノアにとっては重要なことなのだろう。

そして――次に、俺がノアにリングを嵌めてもらった。

ノアと同じく、右手の薬指に。

「このリング、大事にするよ」

「ありがとう……ございますっ。私も大切にします。……とても大事な……宝物です」

ノアは心を込めて、絞《しぼ》り出すように言葉を紡《つむ》いだ。

同じリングを着けたことで、ノアと精神的に繋がったような不思議な感覚を覚える。

これがノアの言う指輪の効果なのかな？　それとも、魔力伝導の効果が互《たが》いに共鳴しているのかな？　なんとなく、俺は前者だと感じていた。

希望の光《ウィッシング・ユー》によると、レピシアで一般的《いっぱんてき》に製造されている普通《ふつう》のリング。しかし、このリングは俺たちにとって、二人の絆《きずな》を強める大切な指輪となった。

それは、嵌められたリングを嬉しそうに見つめるノアの顔を見れば明らかだった。

◇◆◇◆◇◆◇◆◇◆◇◆

とうに陽が沈《しず》み、人々は就寝《しゅうしん》するかという時刻——

アークの家に戻ってきた俺とノアを迎《むか》えたのは、リリウムのデカい声だった。

「ウィッシュ！　わかったわよ！」

「なんだよ、大きな声だして」

「ウィッシュ兄《にい》、ノアお姉ちゃん、おかえりぃ！　あのね！　あのね！　リリィが凄いんだよぉ！」

ミルフィナも興奮した様子で俺とノアを出迎《でむか》える。自分の嬉しい気持ちをストレートに表現してくる姿は、本当に子供だ。俺に子供がいたら、こんな感じで出迎えてくれるのかな。………まだ結婚もしてないのに、自分の子供のことを考えてしまった。

「よしよしミルフィナ～。そうかそうか、それは凄いなぁ～」

ノアが結婚について触《ふ》れたせいで、俺も変に意識してしまったようだ。冷静になろう。

「ちょっと！　真面目に聞きなさいよ！」

「んー？　いつになく真剣《しんけん》だな、リリウム………んで、なにが分かったんだ？」

「ブラックロアのことよ！　あれ、魔界《ヘラ》で入手できる鉱石だわ！」

リリウムの言葉を聞き、俺は冷静を通り越《こ》して頭の中が真っ白になった――

二章　魔族《まぞく》と魔王軍《まおう》

アストリオンで素材を購入《こうにゅう》した日の翌朝。

俺たちパーティーは追憶の樹海《フォルニウム》に来ていた。

追憶の樹海《フォルニウム》の中にある、魔界《ヘラ》へ繋がる門《ゲート》。

その昔、魔族がフォルニスをレピシアへ追いやるために設置したという門だ。

宙に浮くように存在する黒い渦《うず》。俺たちは、今その巨大《きょだい》な渦——門《ゲート》の前に立っている。

「ブラックロア……本当に魔族の世界にあるのか……？」

異様な黒い空気が漏れ出ている門《ゲート》の先。そこは魔族の世界、魔界《ヘラ》だ。

「昨日も話したでしょ？　間違いないわ！　子供の頃、お祖母《ばあ》ちゃんに聞いたことがあるのよ。神々の墓場《ヘラシオン》の近くに聳《そび》える『ヴィークス山《さん》』、そこには黒い光を発する綺麗《きれい》な鉱石があるって」

「それがブラックロア？」

「そうよ！　昔は、加工して宝石として魔族の間で親しまれていたらしいわ。ただ……最近では現物をほとんど見なくなった、とも言っていたけど……」

魔族の言う、昔とか最近とかって単語は人間の俺の尺度とは異なっているはずだ。

昔は大昔、最近は昔。頭の中で自動変換《へんかん》しておこう。

「その情報だと、今も魔界《ヘラ》に存在しているのか不明だけど」

「でも、昔はたしかにあったんだから、行ってみる価値はあるんじゃないのぉ？　レピシアにあるかは分からないんでしょ？」

ミルフィナの言うとおりだ。雑貨屋のおっちゃんでも聞いたことないような素材……レピシアで見つけるのは非常に困難だ。だけど、魔界《ヘラ》にあったというなら、確かめに行く価値はある。今は採掘《さいくつ》できなくても、昔に掘《ほ》り起こしたものが残ってるかもしれないしな。

「そうだな。魔族の世界……実際に足を踏《ふ》み入れるのは少し恐怖もあるけど……探しに行ってみるか！　ちなみに、フォルニスはブラックロアについて何か聞いたことはあるか？」

今はこの樹海の主《あるじ》だが、昔は魔界《ヘラ》で活動していたんだ。

何か知っていてもおかしくはないと思うのだが……、

「ぜんぜんっ、まったく、なーんにも知らんッ！　フハハハハッ！」

……この魔竜《まりゅう》フォルニスが石ころになんか興味あるわけないな。

「そっか。よしッ！　じゃあ、俺たちは魔界《ヘラ》に行ってくるから、フォルニスは留守番を頼《たの》んだ！　いつも留守番で悪いけど……」

「昨日も言ったろ、気にすんな！」

「あのさ……ウィッシュ兄ぃ。ごめん、ワタシも魔界《ヘラ》には行けないんだぁ……」

ミルフィナが寂《さび》しそうに言った。

「え？　なんで？　昨日は、あんなにアストリオンに一緒《いっしょ》に行きたがってたのに」

「女神《めがみ》のワタシは魔族の世界には降り立てないんだよぅ……魔界の神が人間の神の侵入《しんにゅう》を防ぐために、結界を張ってるから……」

魔界の神……魔族の神様かな？　そんなものまで存在してるとは……。いや、人間にも神様がいるんだから、魔族に神様がいても不思議じゃないか。

「そ、そんな結界があるなんて……」

「えええ!?　なんで魔族のリリウムが知らないんだよぉ!?」

「歴史の授業とか小難しい話をする授業の時は、よく寝《ね》てたからなー。えへへっ♪」

完全にダメな学生じゃん……。まぁ、俺も人のこと言えないけど。ってか、魔族の世界にも学校とかあるんだな……。こうしてみると、魔族については知らないことだらけだ。

「ということだから……ワタシはフォルニスとお留守番してるよ」

残念そうに言うミルフィナ。

「ミルちゃん。私も一緒にお留守番しますよっ。フォルニスさんと森の中で遊びましょ?」

ノアが優しくミルフィナに語りかけた。

「え? ノアお姉ちゃん、いいの? ウィッシュ兄と一緒に魔界《ヘラ》に行きたいんじゃないの?」

「私は昨日、アストリオンまでお出かけさせていただきましたから。今度は、お留守番するほうです。代わりに……リリウムさん、ウィッシュさんを宜しくお願いします」

きっと、ノアはミルフィナが寂しがらないよう、一緒に付いていてあげたいのだろう。

「うん! 任せて! 魔界《ヘラ》は私の生まれ育った世界よ! 目を瞑《つぶ》ったままでも道案内できるわ!」

「よし! それじゃあ、行ってくるぜ!」

そうして、俺は右手の薬指に嵌められたリングを見せるように、手を掲《かか》げてノアたちに一時《いっとき》の別れを告げた――

◇◆◇◆◇◆◇◆◇◆◇◆

門《ゲート》を抜《ぬ》けた先。そこは暗黒の空に仄暗《ほのぐら》い雲が漂《ただよ》う、異様な世界だった。

暗い雰囲気《ふんいき》に染められた世界ではあるのだが、周囲の景色はハッキリと見て取ることができる。レピシアの夜とは違《ちが》うようだ。

「ここが……魔界《ヘラ》……凄《すご》い世界だ……」

俺は一介《いっかい》の商人の身でありながら、魔族が暮らす世界に足を踏み入れてしまったのだ。

人間の冒険者《ぼうけんしゃ》で魔界《ヘラ》に来たことがある者は、どのくらい居るのだろうか。俺は聞いたことがない。まさに人間たちにとって未知の世界——異世界だ。

……でも、サブロー祖父《じい》ちゃんはブラックロアを入手した……ってことなんだよな。

「う～ん！　魔界《ヘラ》を離《はな》れてたのは少しの間だったけど、レピシアで色々あったせいか、なんだか懐かしく感じるわね～！」

緊張《きんちょう》感を強める俺とは対照的に、リリウムは解放感を露《あら》わにしている。

魔界《ヘラ》は温暖化が進んでおらず、空気中に水の魔素も多く存在している。深淵なる銀氷《アビス・アイス》リリウムにとっては、まさに敵なしの環境《かんきょう》だ。

「……で、早速《さっそく》だけど、ブラックロアがあるかもしれないっていう山は、どこだ？」

俺たちは帰郷でも観光でもなく、奇跡《きせき》の素材を作るために魔界《ヘラ》に来たのだ。

「んー……っと、この場所って……そういえば……」

周囲を見渡《みわた》すリリウムの顔が、徐々《じょじょ》に青ざめていく。

今、俺とリリウムは追憶《フォルニウム》の樹海を思わせるような樹海の中にいる。

「そういえば？」

嫌な予感がするんだが……。

「ここ、神々の墓場《ヘラシオン》なのよね………」

それって、たしか魔族にとっての侵入禁止エリア……。

神々の墓場《ヘラシオン》――神獣《しんじゅう》やら魔獣《まじゅう》やらが生息しているっていう、魔界《ヘラ》における危険地帯……

と、前にリリウムから聞いたことがある！

恐怖《きょうふ》の事実を思い出していると、一陣《いちじん》の風が吹き抜け、周囲の草木が腹を空《す》かした魔物《まもの》の群れのようにザワザワッと音を立てた。

俺とリリウムは無言で顔を見合わせた後――

「に、に、逃《に》げろおおおおおおおおお！」

「ちょっとおおおお！　私を先に逃がしなさいよぉ！　案内役なのよぉ!?」

なんか前にも同じような状況《じょうきょう》に遭ったことがある気がするぞ！

俺たちは競うようにして、薄暗《うすぐら》い森の中を駆け出したのだった。

――今が朝なのか夜なのかも判別できない中、俺たちは懸命《けんめい》に駆けた。

そうして走ること数時間。

俺たちは運良く怪物《かいぶつ》と遭遇《そうぐう》することなく、神々の墓場《ヘラシオン》を無事に脱出《だっしゅつ》することができた。

「はぁはぁっ……はあ、はあっ…………ふぅ～ッ！　今回は運が良かった！」

前は【ゴルドン】と鉢合《はちあ》わせしてしまったからな。

フォルニスがレピシアに追い出されたことで、この樹海に生息してた魔獣やら何やらも各地に散らばったのかもしれないな。

「フォルニスを隔離《かくり》してた場所だってこと、完全に忘れてたわー。でも、もう大丈夫《だいじょうぶ》！　ここからは、このリリウム様に任せなさい！」

この危険地帯さえ抜けてしまえば、あとはリリウム先導のもと、安全に進めるだろう。

「……で、リリウムのお祖母《ばぁ》さんが話していた、ブラックロアがあるっていうヴィークス山は、ここから近いのか？」

「そうねぇ？　んーっと…………………うん！　あっちのほうに歩いて行けば辿《たど》り着けるわ！」

リリウムは、黒い靄《もや》がかかった遠方を指差して答えた。

「結構、遠い気がするんだけど……まぁ、当てはそこにしかない。行くぞ！」

俺は気合を入れ、目的地に向かって一歩を踏み出したのだが、

「ちょっとお!? 今日のリーダーは私なんだからね? ウィッシュは黙《だま》って私に付いてきなさいっ」

鼻息荒《あら》く、リリウムが俺の前に出て颯爽《さっそう》と歩きはじめた。

——数刻後。

ひっそりと静まり返った道を、ひたすら歩いている。

周りに建物などは見当たらず、木々や草むらなどが広がっているだけだ。

どことなくアーク周辺のような、のどかな雰囲気を感じる場所だ。

そんな荒《あ》れた道を歩いていた時だった——

「……っと!? うわっ!」

隠《かく》れていた小さな穴に、足がハマってしまった。

「なにやってんのよ」

なぜか、穴には泥水《どろみず》が溜《た》められており、罠《わな》のような仕掛《しか》けが施《ほどこ》されていた。

……チクショウ、いったい誰の嫌がらせだよ……。

「おい、本当にこの道で合ってるんだよな?」

「…………え、ええ。も、もちろん大丈夫よ! そ、そろそろ着く頃かしらね!」

声が裏返ってるのが不安だ……。

「魔物どころか魔族も居なそうな場所だぜ？　ってか、魔族と鉢合わせしたら、それこそマズいけど……いきなり襲《おそ》われたりはしないよな？」

「魔族と会っても全然問題ないわよ？　この私を誰だと思ってるのよ」

「なにその自信」

「私は魔界《ヘラ》でその名を轟《とどろ》かせる元魔王のリリウム様よ？　そこらの一般《いっぱん》魔族が私を見たら、尊敬と感動で意識を失って倒《たお》れちゃうわ！」

いつもながら不遜《ふそん》な態度のリリウムだが、今日ばかりは信じてもいいだろう。なにせ、ここはリリウムのテリトリーなのだ。元魔王リリウムのネームバリューは凄《すさ》まじいはず。

おそらく、レピシアでいうところの勇者レヴァンのような存在なのだろう。

「頼《たよ》りにしてるぞ。それじゃあ帰りの行程もあるし、先を急ごう」

俺の言葉にリリウムも頷《うなず》き、再び二人で歩きはじめたのだが——

「ひやぁ⁉　に、人間っ⁉　人間だぁ！　人間がいる‼」

前方の草むらから、なにやら人影《ひとかげ》……魔族影が飛び出してきた。

「ヤバいッ‼　言った傍《そば》から魔族に見つかっちまったぞ⁉　リリウム、どうする⁉」

俺たちの前に現れたのは、少女と思しき小さな魔族だ。実際の年齢《ねんれい》は分からないが、外見的にはリリウムよりもずっと幼い。ミルフィナと同じくらいに見える。

ただ、身体《からだ》の所々《ところどころ》に傷が目立っており、厳しい環境で生き抜いていることが窺《うかが》える。

「クフフフッ……小さき者よ。偉大《いだい》なる我の姿を見て興奮する気持ちは分かるが、大人しくするがよい。特別に握手《あくしゅ》をしてやるから、それ以上は騒《さわ》ぐでないぞ？」

リリウムは尊大な態度と口調で少女に語りかけた。

「はぁ!?　誰がお前みたいな変な人間と握手するもんかっ！　ベーッだ！」

少女は舌を出して、リリウムを拒絶《きょぜつ》する。

リリウムは握手するための手を差し出したまま、固まってしまっていた。

………あれ。なんか聞いてた話と違うんだが……。

「あ……えっと……私……リリウム、っていうんだけど……魔族の」

普通に自己紹介《しょうかい》はじめやがった！

リリウムの瞳《ひとみ》に、なんとも言えない哀愁《あいしゅう》を感じてしまう。

「お前みたいな丸い耳の魔族がいるわけないじゃんっ。それに、リリウムなんていう魔族、聞いたことないし！」

明らかにリリウムを怪《あや》しんでいる様子の少女。

「そ、そんなぁあああああ！　嘘《うそ》でしょおお!?　私、魔界《ヘラ》では超《ちょう》人気者の有名魔族なのにいいいいいぃ！　信じて、ウィッシュ！　ねぇ、お願いっ、信じてぇ⁉」

リリウムは泣きながら、俺に縋《すが》るように叫《さけ》ぶ。

尊敬と感動で意識を失って倒れるとか言ってたけど……倒れそうなの、お前じゃん……。

「驚かせてしまって、ごめん。俺たちはキミの言うとおり、人間だよ。ちょっと用があって魔界《ヘラ》にお邪魔《じゃま》させてもらっているんだ。魔族に危害を加えるつもりはないし、用が済んだらすぐに帰るから見逃《みのが》してもらえないかな？」

俺はリリウムのネームバリューの無さを確信し、すぐに方針転換《てんかん》する。

正直に事情を説明し、俺たちに戦闘《せんとう》の意志が無いことを分かってもらうのだ。

「………ふーん、そう。そっちのお兄さんのほうはマトモそうだね。まっ、アタシも人間と戦うつもりなんてないし。そもそも、アタシにそんな力ないし」

「おぉ、話を聞いてくれて、ありがとう！　俺は商人ウィッシュだ！　よろしく」

「アタシはプキュプキュ村のミャム。今日は野草を採りに、ここまで来たんだ」

プキュプキュ村……凄いネーミングだ。魔族の世界に来たことを実感する。

「私は至高の氷雪系魔法の使い手にして最強の魔王軍を率いた元カリスマ魔王、深淵《アビス》・銀氷《アイス》リリウムよ！」

ここぞとばかりに、リリウムが名誉《めいよ》挽回《ばんかい》のための自己紹介をした。

「……この変な女は信用できない。人間にも信用できるのと信用できないのがいるって、村の大人たちから聞いたことがある。この女は怪しい！」

人間の俺が信用されて、魔族のリリウムが怪しまれている！

リリウムは涙目《なみだめ》になって俺を見つめてくる。

ここはリリウムではなく、俺が主導して話を進めたほうが良さそうだな。

まさか、魔界《ヘラ》でも俺が仕切ることになろうとは……。

「……ご、ごほん。えっと、ミャム。ちょっと聞きたいんだけど、ヴィークス山というのは、ここからどのくらい進めば辿り着くのかな？　俺たちは、その山に用があるんだ」

「ヴィークス……山？　アタシ、聞いたことなーい！」

「え？　ミャムは、この辺に住んでるんじゃないのか？」

「アタシは生まれも育ちも、ここだよ？　でも、ヴィークス山なんて、一度も聞いたことない！　村の大人たちなら知ってるかなぁ？」

リリウムを疑うわけじゃないけど……いいや、かなり疑ってきてるけど……目的地のヴィークス山の情報を得るために、現地の魔族に話を聞いたほうがいいかもしれない。

「ミャム。もし良かったらだけど、俺たちをミャムの村に案内してもらえないかな？」

「いいよ！　野草採りも終わったからね。ちょうど帰るところだったんだ！」

「……ちょっとウィッシュ。私たち怪しまれてるのよ？　大丈夫？」

リリウムが俺の耳元で囁《ささや》いてくる。

怪しまれているのはリリウム……お前だがな。

「俺たちに敵意はないんだ。それはミャムも同じ。きっと、ミャムの村の人たちも話くらいは聞いてくれるさ」

まぁ、歓迎《かんげい》はされないだろうけど。でも、なんか人間とも交流したことがありそうな感じだよな、さっきのミャムの話だと。

ブラックロア探索《たんさく》に暗雲が立ち込《こ》める中、俺とリリウムは魔族の少女ミャムの後に付いて、村へと向かった――

プキュプキュ村。

周囲の自然あふれる景色に溶《と》け込むように存在する、のどかな村。ミャムに案内されたのは、そんなアークに似た雰囲気を持つ村だった。

建物の数から、住民数は50くらいだと推察される。小さな村だ。

「お爺《じい》ちゃん！　帰ったよぉ！」

ミャムは村に入ると、元気よく挨拶《あいさつ》した。

「こらっ、ミャム！　また勝手に村の外に出たな⁉　あれほど村の外には出るなと――」

「もおっ！　いっつもいっつも、うるさいなぁ。大丈夫だって言ってるじゃん！」

ミャムと話を交《か》わす男性魔族。顔の皺《しわ》から、年齢を重ねた魔族であることが窺える。

「よいか？　村の外は凶悪《きょうあく》な魔物が徘徊《はいかい》しておるんじゃ。大人たちの付き添《そ》いなしでは絶対に出てはいかん！　それにミャムの母親だって…………ん？　ミャム……お前さんの後ろに居るのは…………まさか！　人間かッ⁉」

老魔族は俺とリリウムを見て、驚愕《きょうがく》の表情を浮かべ叫んだ。

「お爺ちゃん、大丈夫だよ。この男は信用できる人間だと思う！　女のほうは……村の外に追い出したほうがいいかもだけど」

「こんのッ、生意気なチビスケめぇ……」

「落ち着けリリウム。魔族と安全に話をするんだ、面倒事《めんどうごと》は起こさないでくれよ？」

「……リリウムじゃと？」

老魔族はリリウムの名を聞き、目を細めた。

「あら、お爺さん？　さすがに私のことは知ってるわよね？　やっぱり、世間のことを知らないのは、お子様だけってことよ！　アハハハハハハッ」

大きな声をあげ、ふんぞり返るリリウム。自尊心を取り戻《もど》したようだ。

「いや、知らんわい。なんか聞いたことあるような気がしたが、気のせいじゃったわ。お前みたいな変な人間の女、ワシが知るわけない」

「なんでよおおおお⁉　ここ、本当に魔界《ヘラ》なのぉ⁉　私、レピシアに帰りたくなってきたあああぁ！」

　リリウムの自尊心は完全に砕《くだ》かれてしまったようだ。まぁ、たしかにレピシアでは、深淵《アビス・アイス》なる銀氷リリウムの名は恐怖とともに轟いているからな。名前を聞いただけで震《ふる》えあがる者も多いだろう。ある意味、ネームバリュー抜群《ばつぐん》である。

「お主《ぬし》たちが何者でも関係ない。人間じゃろうが魔族じゃろうが、この村によそ者を入れるわけにはいかん！　夜になる前に、早く村を離れてくれ！　よいな⁉」

　老魔族は声を荒らげて言い、一方的に話を終了《しゅうりょう》させた。

　そして、俺たちを一瞥《いちべつ》した後、村の奥《おく》へと行ってしまった。


「ごめん、ウィッシュ。お爺ちゃん、ちょっと頭が固くてさ……」

　ミャムが小さな身体を縮めて謝《あやま》ってくる。

「ミャムの実のお祖父《じい》さんなのか？」

「ううん、違うよ。あのお爺ちゃんは、このプキュプキュ村の村長なのさ。ずぅ～っと昔から、ここに住んでるらしいよ。アタシの家族は……お母さんだけだから……」

物憂《ものう》げな表情を浮かべて、ミャムは答えた。

「村長さんか。もしかしたら、ヴィークス山の場所を知っているかもしれないな。でも……あの様子だと情報を訊き出すのは無理そうだ……はぁ」

完全に迷子だ。リリウムはヴィークス山の位置を把握《はあく》してるようには思えないし……。

「……お母さんなら……なにか知ってるかも」

ニャムが小さな声で呟《つぶや》く。

「いいのか？　俺たち、村長さんに出ていけって言われたんだが」

「大丈夫。夜になる前に出ていけ、って言ってただけだから。今はまだ夕方だよ」

青黒い空のせいで時間の感覚が奪《うば》われていたが、どうやら今は夕方だったらしい。

「そうだったか。それじゃあ迷惑《めいわく》でなければ、ミャムのお母さんに会わせてもらってもいいか？」

「………うん」

ミャムは短く答え、俺とリリウムを自分の家まで案内してくれた。

「ただいま、お母さん」

家に着き、お母さんに声を掛《か》けるミャム。

……と思ったら、直後、ミャムは思いも寄らない行動を取った。

外装も内装も人間の家と大して変わらない。しかし——

「え？　ちょっと待って？　家の中に入るのに靴《くつ》を脱《ぬ》ぐの⁉」

「ん？　そうだよ？　何そんなに驚いてるのさ。やっぱり女のお前、怪しい……」

リリウムが驚くのも無理はない。ミャムは、当然のように靴を脱いで家の中に入ったのだ。

ノアの家では俺たちも同じように靴を脱ぐのだが、それは転生者独特の文化のはずで。

まぁ、俺の実家でも同じ習慣はあったのだが……。

「いやいやいや！　魔族にそんな文化ないでしょ⁉　私は知らないわよ⁉」

「なんで、人間のお前が魔族のことを知った風に言うんだ。プキュプキュ村では、みんなこうして家に入ってるもん！」

「ごめん、ミャム。気にしないでくれ」

ミャムはリリウムのことを訝《いぶか》しむように見て、奥の部屋へ入っていった。

「…………なるほど。ようやく理解したわ」

「なにを？」

「この村、神々の墓場《ヘラシオン》の近くってことは……魔界《ヘラ》では、めちゃくちゃ辺境の場所ってことなのよ。おそらく、文化的にも思想的にも普通の魔族とは違うってこと。さっき村長さんが、よそ者は人間だけじゃなく魔族も遠ざけたいようなこと言ってたし」

私のことを知らないのも無理ないなー、とリリウムは安心したように言った。

「なんか、レピシアでのアークのような村だな」

アークは、ここまで排他的《はいたてき》ではないけど。

でも、少なくともミャムは俺たち……………俺には心を許してくれている。

そうして、俺たちはミャムに続いて部屋に入った。もちろん、靴を脱いで。

「……ごほっごほっ、おかえりなさい、ミャム。村の外には出てないでしょうね？」

部屋の中に入ると、ミャムの母親がベッドに横たわっていた。

母親もミャム同様、手や顔に擦《す》り傷と思《おぼ》しき傷跡《きずあと》が目立つ。

それに……病に伏《ふ》せているのだろうか、なにやら咳《せき》こんでいる。

「ちょっとだけ……出ちゃった！」

「なッ⁉　ダメでしょう！　いつも言ってるでしょ⁉　村の外は怖《こわ》い魔獣がいて危ないって！　それに……ごほっごほっ」

「大丈夫⁉　お母さん！」

「…………ふぅ。大丈夫よ。心配させて、ごめんなさいね」

「ほらっ！　これ、薬草だよ！　今日、採ってきたんだー！　これを飲めば、お母さんの身体も元に戻るかもしれない！」

そう言って、ミャムは持っていた野草を取り出した。

俺たちと出会った時に採っていた野草――あれは、お母さんの病気を治すために採取していた薬草だったのか。

「ミャム……あなた、これを採りに村の外まで……」

「うん！　……それでね！　薬草を採ってる時に、この人たちに会ったんだ！」

ミャムは、部屋の入り口に立っていた俺《おれ》たちを母親に紹介した。

ミャムの母親の視線が俺とリリウムに移る。

そして、俺たちの存在を確認《かくにん》すると、

「に、人間じゃないのよ⁉　なにやってるの、ミャム！　すぐに家から……村から追い出しなさいッ！　よそ者を村に入れることは禁止なのよ！」

さきほどの村長さんと同じく、強い口調で俺たちを拒絶した。

「な……なんで？　この人たちは、なにか探し物をしてて、その場所のことを聞きたいだけなんだよ？　それでも村に入れちゃダメなの？　話を聞くだけでもダメなの？」

「ダメよ！」

ミャムの母親は、俺たちを睨《にら》みつけるような目つきで突《つ》き刺《さ》す。

「お母さんまで、そんな言い方するんだ……」

ミャムは裏切られた、というような口ぶりだ。

「………人間。私たち村の者は、あなた方と争うつもりはありません。しかし、あなた方を村に滞在《たいざい》させるわけにはいきません。どうか、お引き取りを………ごほっごほっ」

「わかりました。行くわよ、ウィッシュ」

リリウムは俺の答えを待たず、あっさりとした表情で家を後にした。


村から出ようと、入り口に向かう俺とリリウム。

そこへ、ミャムが慌《あわ》てるように走って後を追ってきた。

「待ってよ、ウィッシュ！」

「ん？　どうした、ミャム？」

「……ごめん、ウィッシュ。お母さんならウィッシュの話を聞いてくれるかと思ったんだけど………嫌《いや》な思いさせちゃった」

ミャムの身体は小刻みに震えている。様々な感情を押《お》し殺しているのだろう。

「気にしなくていいぞ。元々、俺たちは降《ふ》って湧《わ》いたような存在だ。村の安全を守るために遠ざけたいって気持ちは理解できる。ミャムが気にする必要は全然ないさ」

「でも……」

ミャムは小さいながらも、しっかりした子供だ。母親のために薬草を採ってくる心優《こころやさ》しい一面も持ってる。俺の知らなかった普通の魔族の心に、少しだけ触れられた気がする。

「私たちのことは放っておいて。ヴィークス山には自力で辿り着いてみせるから」

「おい、リリウム。そんな言い方はないだろ。ミャムだって、良かれと思って俺たちを村に案内してくれたんだからさ」

リリウムにしては珍《めずら》しい、冷たい態度に俺は驚《おどろ》いていた。

リリウムは氷雪系魔法《まほう》が得意で見た目からも寒々しい印象を受けるが、心は温かいやつなのだ。一方的に相手を突き放《はな》すのはリリウムらしくない。

「チビっ子、あんた……お母さんの傍に居てあげなさいよ。ギール病なんでしょ？　お母さん」

「え……そ、そうだけど………なんで人間のお前がギール病を知ってるんだ⁉」

「……ギール……病？」

リリウムの口から出た言葉。

レピシアで生まれ育った俺には、聞いたことのない病名だった。

「知ってるわよ。私の妹もギール病だからね」

「な、なんで、人間がギール病に…………人間の世界にはギール病は無いんだろ⁉　だから、魔族の貴族連中は病魔《びょうま》が広まっていない人間世界に行くって、軍を作ったんだ！」

「…………」

悲痛なミャムの問いかけに、無言の表情を返すリリウム。その顔は真剣そのものだ。

「ちょ、ちょっと待ってくれ！　ギール病？　リリウムの妹？　軍？　俺の知らない情報が多すぎて、話に全く付いていけてないんだが……」

「魔界《ヘラ》にはね、原因不明の病が広まってるのよ…………私が生まれる、ずっと昔からね。頭の良い学者とか魔術師《ソーサラー》が病の治療《ちりょう》方法を研究し続けてるけど、未《いま》だに解決方法は見つかっていないわ」

「……それがギール病……ミャムの母親だけじゃなく、リリウムの妹も病に侵《おか》されているのか……」


――知らなかった。

リリウムに妹が居ることも知らなかったけど、まさか不治の病を患《わずら》っているなんて。

リリウムやミャムに触れ、少し魔族のことを知った気になっていたけど、俺は魔族のことを何も知らないままだった。魔族の軍……魔王軍のことも。

「ギール病は、すぐに死に至るような病じゃないわ。ただ……身体を動かすのが大変になって、徐々に内臓が蝕《むしば》まれていくの。咳が出るのは、肺に炎症《えんしょう》が起きているせい」

「命には関《かか》わらない、でも、日常生活を送るのが難しくなる病気、か……」

ゆっくりと心が締《し》め付けられていくような苦痛を感じる。なんとも厄介《やっかい》な病気だ。

「感染《かんせん》することはないから、家族が面倒を見れば問題はない。けど……家族の精神的な負担も大変だし、なにより病気を患っている本人が罪悪感を抱《いだ》いてしまうのよね……」

「お前、人間なのに詳《くわ》しいな……。本当に人間の世界にもギール病が？　でも、それじゃあ今、人間世界に行ってる軍の連中は何をしに……行っても意味ないじゃんか……」

ミャムの瞳の彩度《さいど》が徐々に落ちていく。

「軍って魔王軍のことだよな？　リリウムの所属してた」

「ええ、そうよ。言ってなかったかしら？　魔王軍って、レピシアを制圧した後、魔界《ヘラ》に暮らす魔族をレピシアへ移住させるという目的で結成された軍なのよ。元は魔族の貴族だけで編制された、特権階級の特別な組織だったらしいけどね」

「マジか……。ただ人間が憎《にく》くて、滅《ほろ》ぼすために侵攻《しんこう》してきているのかと思ってた……」

「一部の……いいえ、大半の魔族はそう思ってるわ。ギール病を魔界《ヘラ》に広めたのは人間だって言われてるからね」

「なッ⁉　それは事実なのか⁉」

「わからないわ。でも、今の魔王軍の連中を始めとする貴族のお偉《えら》いさんたちは、皆《みんな》そう信じてるわね」

……なんということだ。遥《はる》か昔から争い続けている人間と魔族。その戦争の原因が、一つの病にあったたなんて……。

「村のお爺ちゃんたちは、その話は貴族の悪いやつらが流した嘘だって言ってた！　人間はアタシたち魔族と敵対する気はない、って………でも、今、ウィッシュが言ってた、魔族の軍が人間世界に侵攻してるってのはホントなの⁉」

「え？　あ……ああ。人間の世界……レピシアでは、今、人間と魔族は戦いを繰《く》り広《ひろ》げているよ。残念ながら」

リリウムが魔王をやってた時期だけは、奇跡的《きせきてき》に衝突《しょうとつ》がなく平和な時代だったが。

「そんな……魔王軍は人間と話をしに行ってるだけなんじゃないの⁉　みんなが仲良く暮らせる世界にするために……アタシたち魔族のために、住める土地を貸してもらえるようにって……人間世界は広大だから……」

「チビっ子。世界は、そんな単純には動いてないのよ。色んな考えとか想《おも》い、思惑《おもわく》が絡《から》み合って動いてるの。魔王軍は正義の組織じゃないし、弱者の味方でもないわ」

「うっ……うぅ」

ミャムは陽《ひ》の翳《かげ》ったような表情になり、目を伏せてしまった。

リリウムにもリリウムなりの想いがあって、魔王軍に参加したのだろう。いつもはポンコツぶりを発揮している女魔族だが、胸の裡《うち》には様々な感情を秘《ひ》めているのかもしれない。

「ミャム……リリウムの言うとおり、お母さんのところに戻りな？　夜になると何かあるんだろ？　お母さんの病が悪化するといけないし」

「ギール病の進行は朝とか夜とか関係ないわよ。チビっ子のお母さん、なにかギール病とは別の……違う病気にも侵されているように見えたけど」

そういえば、ミャムの母親は手の甲《こう》や顔に傷が目立った。

傷があるのはミャムも同じだが、ギール病で村の外に出ることがないというのであれば、あの傷の原因はなんなのだろうか？

俺が思案していると……、

「病気じゃない。呪《のろ》いだよ」

ミャムが淡々《たんたん》と告げた――

「呪い⁉　その……ギール病と関係がある呪いなのか？」

「ううん、関係ない」

「もしかして、その呪いのせいで、村長さんは俺たちを村から遠ざけようとしたのか……？」

夜になる前に離れろ――村長さんは、そう言った。

なにか、俺たちの身を案じているような物言いにも思える。

「……アタシのお母さん、呪いのせいで夜になると魔獣化しちゃうんだ。それも無意識的に。そして、周りの生き物を手当《てあ》たり次第《しだい》に襲っちゃうの。魔族だろうが人間だろうが関係ない。村の人たちだろうが……アタシだろうと、ね」

話してなくて、ごめん――ミャムは涙ながらに謝った。

……なるほど。

村長さんもミャムの母親も、その呪いの魔獣化現象によって俺とリリウムが傷つかないように、邪険《じゃけん》に追い払《はら》ったのか。

おそらく、ミャムの母親の傷跡は魔獣化した際にできたものなのだろう。

「身体を動かすのが大変なギール病に、魔獣化して暴れる呪い……相反する悪夢を抱《かか》えてるってことか……」

「……魔界《ヘラ》じゃ珍しくないわ」

自分の本音を押し殺すように、ボソッと言い放つリリウム。

これで話は終了、といった感じでリリウムは村から出ていこうとする。

「おいっ。こんな話を聞いて、黙って探索活動に戻るなんて俺にはできないぞ⁉」

「そんなこと言ったって、私たちじゃどうにもできないでしょ！」

「いいや、なにか解決策があるかもしれない！　ミャムだって、こうして俺たちに話をしたのは、人間の知恵《ちえ》を借りれば、お母さんの呪いが解けるかもしれないって思ったからじゃないのか⁉」

俺の問いかけに対し、ミャムは……、

「うっ、うぐっ……んっぐッ……そ、そうだよっ！　ウィッシュたちなら、お母さんをなんとか……なんとかしてくれるかもしれない、って！　……うっ、うえええええぇぇん！」

大声で泣き出してしまった。

大粒《おおつぶ》の涙を地面に落とし、乱暴に目を擦《こす》るミャム。

「気持ちは分かるけど……ウィッシュ……」

そんなミャムの姿を見て何を思ったのだろうか。

リリウムが小さな希望に縋るように俺を見つめてきた。

「任せろ！　俺がなんとかしてみせる。今の俺なら……力になれるかもしれない」

進化した希望の光《ウィッシング・ユー》なら――

呪いの正体は分からない。でも、生命体だろうが無機物だろうが、対象の情報や弱点は見抜《みぬ》くことができる。ミャムのお母さんの呪いを取り除くことができるかもしれない！

「……ごめん、ウィッシュたちの目的と全然関係ないことなのにっ……うぐっ、んっぐッ……これ以上は、ウィッシュたちの迷惑になる。足止めしちゃっただけじゃなくて、気分の悪い思いさせちゃったね……ごめん。この問題はアタシたち村の魔族で何とかするよ」

ミャムは笑顔《えがお》で言った。

不自然なまでの明るい表情で。

出会ってから初めて見るミャムの笑顔。その笑顔は、とても悲しいものに見えた。

俺の心の中で、熱く燃え上がる感情が沸々《ふつふつ》と湧きあがってくる。

子供に、こんな顔をさせちゃダメだ！　こんな絶望的な笑顔、幼いミャムには似合わない。

だから――

「大丈夫だ！　俺がなんとかする！　希望は捨てちゃダメだ！」

関わったのなら最後まで付き合う。力になる。

期待だけさせて、裏切って終わらせるなんて有り得ない。中途半端《ちゅうとはんぱ》に終わらせない。

きっと、俺の尊敬する祖父《じい》ちゃんなら、最後までやり遂《と》げる。成《な》し遂げる。

世界中の人々を豊かにする——商人として描《えが》いた俺の夢。

今では、その夢の範囲《はんい》に魔族も入っているんだ。商人としての役割の範疇《はんちゅう》を超《こ》えているかもしれないが、目立ちすぎだと言って俺を追放する者は今はいない。

「でも……もし、ウィッシュたちが怪我《けが》をしたら、アタシ……」

ミャムは俺たちの身を案じるように言い、またしても泣き出しそうになってしまう。

「ふふっ、私たちの心配なんてしなくていいわよ？　このリリウム様に掠《かす》り傷《きず》の一つでも付けられたら大したもんよっ！　あーっはっはっはっは！」

腰《こし》に両手を当て、高笑いするリリウム。

レピシアでなら俺もツッコむところだが、ここは魔界《ヘラ》だ。

水の魔素が潤沢《じゅんたく》に漂《ただよ》っている空間ではリリウムは最強だ。

むしろ、ミャムのお母さんに怪我を負わせないか心配になるレベルである。

「ミャム、俺たちのことは大丈夫だ。それよりも、ミャムのお母さんが魔獣化する時のタイミングとか状況を教えてくれないか？　それと、いつもどうやって対処しているのか」

「……ごめん、アタシは知らないんだ。その時間、いつも寝《ね》てるから……」

「え？　寝てる？　どういうことよ？」

「お母さんが魔獣化して暴れるのを見るのは辛《つら》いだろうって、お爺ちゃんたちが裏山にある倉庫にアタシを匿《かくま》ってくれるんだ。睡眠魔法《すいみんまほう》をかけてくれて、起きたら朝になってるの」

「なるほど。確かにミャムにとっては、そのほうが良い。安全だしな」

「ってことは、前情報なしで対処しなきゃならないってことね。いいわ、燃えてきた！」

リリウムは謎《なぞ》にやる気が満ち溢《あふ》れているようだ。氷雪系魔法の使い手なのに燃えてきているみたいだけど……頼りにしてもいいんだよな……。

その後、作戦会議をしようと、俺たちが話し合いを始めたところ――

「お主たち！　まだ村におったのか！　ミャムも見当たらないと思ったら、こんなところで人間たちと遊びおって！　はよう倉庫に避難《ひなん》するんじゃ！」

村長さんが慌てた様子で飛んできた。

村長さんだけじゃない。見ると、プキュプキュ村の住民たちもやってきている。

「わかってるよ！　わかってるから、そんなに強く引っ張らないでッ」

「なにを悠長《ゆうちょう》に言っておる！　もうすぐ夜じゃ。サーリャが魔獣化《まじゅう》する時間じゃ！」

サーリャ……ミャムのお母さんの名前だろう。

ミャムは村長さんに無理やり引っ張られながら裏山の倉庫へと連れていかれた。

その場に取り残された俺たちに向かって、住民の声が飛んでくる。

「おいっ、あんたらはすぐに村を出ていってくれ！」

「悪く思わないでほしい。これから、村人たちで魔獣を押《お》さえ込まなきゃならないんだ」

「明日になったら、お話を伺《うかが》いますので……。私たちプキュプキュ村の魔族は人間と争うようなことは考えておりませんから……何卒《なにとぞ》」

住民たちは釘《くぎ》を刺すように言い、その場を離《はな》れていった。

それぞれ口調は違《ちが》えど、人間が憎くて追い出そうとしているわけじゃない。それはハッキリと分かった。

「……さーて、どうする？」

リリウムが不敵な顔を俺に向け、訊《たず》ねてくる。

当初の目的を果たすだけなら、野宿して明日また村を訪《おとず》れればいい。

――でも、今はもう新たな目的ができているんだ。

「決まってるだろ。ミャムとミャムの母親を助ける！　気づかれないよう、ミャムの家の近くに行くぞ！」

「りょうかい！」

リリウムは親指を立ててウインクしながら答えた。


――ひっそりと静まり返るプキュプキュ村。

これから始まる、嵐《あらし》という名の魔獣化騒動《そうどう》の前の静けさ、といったところか。

ミャムの家を視認《しにん》できる位置に移動した俺たちは、物陰《ものかげ》に隠れて事態を見守っている。

「そろそろ夜よ」

リリウムが声を潜《ひそ》めて言った。

「今のところ、ミャムの家の中に変化はないな」

住民たちの姿も見えない。おそらく、魔獣化したミャムの母親を家の外で押さえつけるため、周囲に隠れているのだろう。

その瞬間《しゅんかん》を狙《ねら》って、俺は希望の光《ウイッシング・ユー》を発動させる――

俺は、その時をひたすら待った。

雷《かみなり》に全身を貫《つらぬ》かれたような、痺《しび》れるような緊張感《きんちょうかん》が込み上げてくる。

──しかし。

俺の緊張感が高まるばかりで、状況《じょうきょう》は一向に変化しなかった。

「……おかしいわね。もう夜よ？　まだ魔獣化する時間じゃないのかしら？」

「…………ッ⁉」

痺れを切らした俺は、リリウムの問いかけを合図にミャムの家へ走った。

「ちょっと、ウィッシュ⁉　魔獣との接近戦は、いくらなんでも危険よ⁉」

俺はリリウムの声に答えることなく駆《か》けた。

そして、ミャムの家の前に立った俺の耳に飛び込んできたのは──

「……ごめん。ごめんね、ミャム……こんな思いをさせてしまって……」

ミャムの母親の泣き声だった。

「ど、どういうことよ⁉」

追いついたリリウムも困惑《こんわく》の声をあげている。

ミャムの母親は俺たちに気づいたようで、窓越《まどご》しに金切り声をぶつけてきた。

「な、なんで、あなたたちがいるのよ⁉　ミャムは⁉　ミャムは無事なの⁉」

取り乱したように叫ぶミャムの母親。

瞬時《しゅんじ》に、俺は希望の光《ウィッシング・ユー》をミャムの母親に向けて発動させた。

『対象名――サーリャ。魔族の女性。
年齢――352歳《さい》、人間換算《かんさん》で35歳相当、既婚《きこん》。
得意技《とくいわざ》――調理ナイフを使用した微塵切《みじんぎ》り。裁縫《さいほう》針を使用した縫《ぬ》い付け。
弱点――光魔法。
特記――ギール病を患っているために著《いちじる》しく筋力が低下している。また、体力低下に伴《ともな》い、持久力が落ちている状態。長期戦の戦いには不向き』

またしても不要な情報が多い。微塵切りって、完全に料理の能力だろ……。裁縫も得意って、めちゃくちゃ良いお母さんだな。

きっと、娘《むすめ》のミャムのために、ご飯を作ったり服を作ったりしているのだろう。

……でも、おかしいぞ⁉

呪いについての情報が一切《いっさい》ない。

俺が思考を巡《めぐ》らせていた時――

母親の泣き声を掻《か》き消すような大声が、遠くのほうから聞こえてきた。

「行くぞ！　リリウム！」

「え⁉　待って⁉　ミャムのお母さんは⁉　このまま放っておいていいの⁉」

「今は大声の発生源のほうが優先だ！　急げ！」

俺とリリウムは一刻を惜《お》しむように急いで走った。

村中に轟《とどろ》くように響《ひび》いた大声の発生源——

そこは、村の裏山に隠《かく》されるようにして造られた倉庫だった。

「おい！　押さえろ！」

「んぐぅぅッッッ‼　ダ、ダメだッ！　今日は一段と力強い！　みんなも手伝ってくれ！」

「わ、わかった！」

村の住民たちが、必死な形相を浮《う》かべて倉庫を取り囲んでいる。そして、その中でも特に屈強《くっきょう》な男魔族たちが、倉庫の扉《とびら》に自分の身体を押し付けて叫《さけ》んでいた。

ドゴンッ‼　ドゴンッ‼　という、扉を叩《たた》きつける音が倉庫の中から聞こえてくる。

「な、なにをしてるの……？」

俺とリリウムは状況を把握できず、その場で呆然《ぼうぜん》と立ち尽《つ》くしてしまう。

そんな俺たちの存在に住民が気づいた。

「あんたたち、こんなところまで⁉　おい！　村長！　マズいぞ、人間がこっちまで来ちまった！」

「な、なんじゃと!?」

慌てた村長さんが俺たちの近くに詰《つ》め寄ってくる。

「村長さん、これは一体……」

「ダメじゃ！　来てはいかん！　なにも見てはならん！　この場から離れるんじゃ！」

村長さんが俺たちを突き放した瞬間——

男たちが押さえつけていた倉庫の扉が吹《ふ》き飛び、大きな呻《うめ》き声《ごえ》とともに中から黒い獣が、のっそりと出てきた。

「フウゥッ!!　フゥー、フゥ…………フウウウウゥウゥッッッ!!」

前かがみで両手をダラーッと地面に垂らし、激しい息遣《いきづか》いをする獣。

「ミャ、ミャム!?　ミャム……だよな!?　なんで、こんな……」

身体から発する黒い煙《けむり》、瞳孔《どうこう》が開いた瞳《ひとみ》、そして、鉤爪《かぎづめ》のように鋭《するど》く伸《の》びた両手の爪。

すべてが俺の知ってるミャムとは違っていたが、目の前の獣は間違《まち》いなくミャムだ。

さっきまで俺の隣《となり》で母親の身を心配していた魔族の少女。

その少女が変わり果てた獣の姿で、今、俺たちの目の前に立っている。

「あの姿……魔獣化の呪いにかかっていたのは、チビっ子の母親じゃなくてチビっ子自身だったってこと⁉」

「……そうじゃ。あの獣……魔獣はワシらの可愛《かわい》いミャムじゃよ……」

村長さんは哀《かな》しい瞳をして告げた。

「このことはミャム本人は知っているんですか⁉」

「いいや……ミャムは何も知らん。ミャムに罪はないんじゃ……」

なんてことだ……。

ミャムは自分の母親が魔獣化の呪いにかかっていると信じて、それを治そうと必死になって薬を採ってきたり、人間の俺たちに助けを求めたりしてきたんだ。

なのに……魔獣になっていたのはミャム自身だったなんて――

「フゥゥッ‼　フギュウウゥ‼　ウガアアアァ！」

その時。

ミャムが大きな叫び声とともに、押さえつけていた男魔族たちを一斉《いっせい》に吹き飛ばした。

「グハッ！」

「……ッ痛‼」

「い、いかん！　ミャムの気が立っておる！　ここに居る皆で押さえ込《こ》まなければ、村人全員が食い殺されてしまうぞい！」

フシュゥ、フシュゥと、荒々《あらあら》しい息遣いをするミャム。

ミャムに俺たちの声は届いていないようだ。

――ミャムの身体《からだ》にあった傷跡は野草採りで付いたものじゃなかったんだ。魔獣化して暴れまわって付いたものだったんだ……。

「…………リリウム。状況は変わっちまったが……やれるよな？」

「ええ、もちろんよ！　ミャムを救うってことに、なにも変わりはないわ！」

心強い相棒だ。

今にも俺たちに襲《おそ》いかかってきそうな眼前の魔獣――ミャム。

俺はミャムめがけて希望の光《ウィッシング・ユー》を発動させようとしたのだが……。

「ウガアアアアアアアッッッ!!」

俊敏《しゅんびん》な動きで、ミャムが俺に向かって疾走《しっそう》してきた。

「――クッ!!」

俺はミャムの鋭い鉤爪攻撃《こうげき》を間一髪《かんいっぱつ》のところで躱《かわ》し、一瞬《いっしゅん》よろめいた体勢をすぐに立て直す。

「ウィッシュ!?　大丈夫《だいじょうぶ》!?」

「ああ、問題ない！　ただ、思った以上にミャムの動きが速すぎる！　近づかれたら……

「……うおッ⁉」

　こうして話をしてる最中にも、魔獣化ミャムは猛烈《もうれつ》な勢いで突撃《とつげき》してくる。

　これでは希望の光《ウィッシング・ユー》を使用することもままならない。

「動きを止めればいいのよね⁉　だったら私に任せなさいッ！　ハァアァァァ――」

　リリウムが両手を広げ、集中力を高める。

　その直後、蒼色《あおいろ》だったリリウムの髪《かみ》が、一瞬で銀色に変わる。

「お、おおおお…………ッ⁉　な、なんということじゃ……髪色が蒼から銀に……これは、まさか噂《うわさ》に名高い深淵なる銀氷……⁉」

　リリウムの突然《とつぜん》の豹変《ひょうへん》ぶりに、村長さんが戦慄《せんりつ》していた。

　水の魔素を体内に練《ね》り込んだリリウムは、ミャムに右手の人差し指と中指を向け、

「二本指の氷槍《ピース・アイスランス》ッ‼」

　指の先から氷の槍《やり》を発生させた。

　二本の槍の矛先《ほこさき》は、ミャム以上の疾《はや》さで彼女《かのじょ》の両脚《りょうあし》を捉《とら》え――一瞬で凍《こお》り付かせる。

　ミャムの下半身は、立っていた地面ごと氷漬《こおりづ》けになり、完全に動きが停止した。

「リリウム、よくやってくれた！　あとは俺に任せろッ！」

　その瞬間を狙って、俺は唸《うな》るミャムへ希望の光《ウィッシング・ユー》を素早《すばや》く発動！

『対象名――ミャム。魔族の少女。
年齢《ねんれい》――82歳、人間換算で8歳相当、独身。
得意技――罠《わな》づくり。
弱点――脇腹《わきばら》への刺激《しげき》……ツツーーーーーッッツツーーーーーッ』

……得意技、罠づくり⁉　弱点、脇腹への刺激って………ん？　なんだ⁉
ミャムに能力を使用している途中《とちゅう》で、突如《とつじょ》、ノイズのようなものが発生した。
そして、その直後、再度、希望の光《ウイッシング・ユー》が発動し――

『対象名――ヴォイド。過去に死亡した魔獣たちの怨念《おんねん》が収束した思念体。
得意技――生命体への寄生。特に、若い生命体への寄生を好む。
弱点――冷気。本体である黒煙《こくえん》の核への直接攻撃《こうげき》。
特記――生命体への寄生後は活動時間が極端《きょくたん》に短くなる』

思念体ヴォイド。なるほど、こいつが呪いの正体か！

あの黒い煙が呪いの本体なのだとしたら、取り憑《つ》いているミャムから切り離せれば、なんとかなるかもしれない！

「リリウム！　ミャムの付近に冷気を発生させることはできるか⁉」

「え？　ええ！　できるわよ！」

「頼《たの》む！　やってくれ！」

「りょうかい！　ハアァァァ——」

再び魔力《まりょく》を高めるリリウム。

「ウウゥ……ウゥ……」

対するミャムは、下半身が氷結化しており、苦しそうに唸り声をあげている。

……待ってろ、ミャム。もうすぐ助けてやるからな。

そして、リリウムがミャムに向けて手を翳《かざ》した、その瞬間——

「待ってください！　この娘《こ》は……ミャムは私の大切な娘なんですッ‼　お願いです……見逃《みのが》してください……どうか……お願いしますッ！」

ミャムの母親が、俺たちとミャムの間に割って入ってきた。

身体が小刻みに震《ふる》えており、立っているのも覚束《おぼつか》ないといった様子で。

「サーリャ⁉　なにをしとるんじゃ！　病気の身体で、ここまで来るなど……」

「村長さん……あの方たちが、ここに向かうのを見てしまって……ミャムを……ミャムを助けなければならないんです！　……私の命に代えても…………ごほっごほっ」

ミャムの母親は胸を押さえながら、俺たちに鋭い眼光を向けてくる。その後方では、身動きできず悶《もだ》えるミャムが、声にならない声を漏《も》らしている。

ミャムの母親が必死に俺たちを村から追い出そうとした理由――それは、俺たちにミャムの正体を知られ、討伐《とうばつ》されることを恐《おそ》れたからだろう。

母親を想う子供の気持ち、子供を想う母親の気持ち。

人間と魔族、なんら変わらないものが目の前にあった。

「……サーリャ。……人間たちよ……このとおりじゃ、ワシからも頼む！　ミャムは魔獣などではないのじゃっ。ワシらの大切な同胞《どうほう》なんじゃ！　どうしても殺すというのなら、ワシが主《ぬし》らの相手をするぞい！」

村長さんは、曲がった腰で無理して俺たちの前に立ちはだかる。

そして――

「そうだ、そうだ！　ミャムは村の宝なんだ！　人間たちに殺させたりはしない！　村長だけじゃなく、オレも相手するぞ！」

「魔獣化がなんだってんだ！　そんなの俺たちがちょっと押さえていれば、すぐに終わる！　プキュプキュ村の住民、全員がミャムの味方なんだ！　あんたら人間には関係ないことだろ！」

傷だらけの住民たちも次々に声をあげた。

ミャムの母親や住民たちの傷は、魔獣化したミャムに付けられたものだったんだ。

――それなのに、自ら命を張ってミャムを守っている。その魔族の団結力……絆《きずな》を目《ま》の当《あ》たりにして、俺は心に温かいものが流れるのを感じた。

「みなさん、安心してください。俺たちもミャムの友達です……仲間です！　ミャムに憑いてる呪いを必ず倒《たお》してみせます！」

そうだ。俺はミャムに約束したんだ。

――なんとかする、って。

この状況、俺には希望しかねぇぜ！

「ふふっ。じゃあ、いくわよぉ！　四本指の氷嵐舞《ダブルピース・アイスガスト》ッ!!」

リリウムは住民たちの反応を待たず、ミャムに向けてダブルピース……したと思ったら、直後、ミャムの周囲に氷の渦《うず》を発生させた。

嵐のような轟音《ごうおん》が耳朶《じだ》を砕《くだ》いてくる。

「お、おいおい、なんだ、あれ………氷の嵐じゃねぇかよ!? ミャムは無事なのか!?」

その凄絶《せいぜつ》な光景から、魔法の威力《いりょく》の大きさを肌《はだ》に感じる。

強烈《きょうれつ》すぎる!! 冷気発生なんてもんじゃない!

これは、周囲の気候が変わっちまいそうな威力だぞ!? 大丈夫なのか!?

「安心しなさいっ。めちゃくちゃ加減して威力は抑えてあるから! ただ、チビっ子の体温は冷気によって、どんどん下がってるわよ!? なにかするなら、早くしたほうがいいわ!」

ミャムは体温も体力も、じわじわと奪《うば》われていく。

思念体ヴォイドが早くミャムの身体から離れないと、マズいことになる!

リリウムの魔法は、威力を抑えているとは思えないほどの力だ。

ヴォイドは冷気が弱点らしいが、こんなの弱点じゃなくても逃《に》げ出すだろ!?

心の中でヴォイドに語りかけると、

「ウ、ウグッ、ウググッ、ウギャアアアアア!!」

俺《おれ》に応《こた》えたわけではないだろうが、ミャムの身体から、我慢《がまん》できないといった様子で黒い煙が飛び出してきた。

「ウィッシュ！　なんか出たわよ⁉　あれが標的なのよね⁉」

「ああ、そうだ！　ありがとう、リリウム！　あとは俺がヤツを倒す！」

「倒すって……相手は煙なのよ⁉　攻撃なんか通じないんじゃ⁉」

希望の光《ウィッシング・ユー》による情報解析《かいせき》がなければ、俺もリリウムと同じように思っただろう。

でも、ヴォイドへの直接攻撃は有効だと判明している！

ミャムの身体から離れた思念体ヴォイドは、次の寄生先を探すかのように空中を漂っている。

「な、なんだ、あの黒い煙は⁉」

「ミャムから飛び出してきたぞ⁉」

突如として出現したヴォイドの存在に、住民たちから驚愕《きょうがく》の声があがる。

騒然《そうぜん》とする状況下で、俺は集中力を高め、対象の弱点箇所《かしょ》――光を探した。

……見た目は、ただの黒い煙。

しかし、煙の一部に小さく光る点があった。

漆黒《しっこく》だからこそ、白く輝《かがや》く光はハッキリと見える。射貫《いぬ》くことができる！

ヴォイドは次の寄生先をリリウムに決めたようで、勢いよく突《つ》っ込んできた。

「ミャムを苦しめてきた怨念め！　いつまでも過去のことに縛《しば》られてるんじゃねぇ！　今、

を生きるのは俺たちだ！　俺たちの絆は断《た》ち切らせねぇぞ！」

俺はヴォイドの光……『核』へ視点を集中させ、ナイフを構える。

そして、構えたナイフを振《ふ》り翳《かざ》し――

『核』に向けて、投げつけた。

俺の手を離れたナイフは、まるでヴォイドの『核』と一筋の光の線で繋《つな》がっているかのように、標的めがけて一直線に飛んでいく。

「フシュッアアアアアアアアアアッッッッ!!」

ナイフはヴォイドの核を貫き、漆黒の煙は空中で一瞬のうちに霧《む》散《さん》した。

怨念など初めから存在していなかったように、空間は澄《す》み切った状態となる。

「やったわね！　ウィッシュ！　ミャムを無事に救えたのよね!?」

「ああ。呪いは消え去った。これでミャムは平穏《へいおん》に暮らすことができるはずだ」

その後、俺たちは氷漬けのまま気を失っているミャムを介抱《かいほう》し、家へと連れて帰った。

住民たちに思念体ヴォイドのことを説明し終えた頃《ころ》――

「ん、んんっ……うぅ～ん？　あ、あれぇ……？　なんでアタシ、家で寝てるんだ？」

ミャムの意識が戻《もど》った。

「ミャム！　良かった……ッ！　ミャム……あなたが無事で本当に良かったわッ!!」

「お母さん!?　そんなに抱《だ》きついて、痛いよぉー。お母さんこそ、なんか疲《つか》れてない？」

「私は大丈夫。全部……この人たちのおかげよ」

ミャムの母親は優《やさ》しく微笑《ほほえ》んでから、俺とリリウムに視線を移した。

「あっ、ウィッシュ…………とリリウム。も、もしかして、お母さんの呪い、取り払ってくれたの!?」

「ふふっ、まあね！　このリリウム様がサクッと消し去ってあげたわ！」

「リリウムが？　…………アタシ、なんか不思議な夢を見たんだ。ウィッシュがアタシを助けてくれる夢」

「俺が？」

「うん。暗い場所で黒い籠《かご》の中に閉《と》じ込められていたアタシを、ウィッシュが必死になって助け出してくれたの。なんか……ウィッシュが光になって、気づいたら目が覚めてた」

「ま、まぁ？　そう言われると、ウィッシュも少しは頑張《がんば》ってたかもねぇ？」

リリウムが気まずそうに苦笑いを浮かべる。

「おかしいよね。助けられたのは、お母さんなのに……。でも！　ウィッシュはアタシの願い、ちゃんと叶《かな》えてくれたんだね！　まさか、本当にお母さんの呪いを解いてくれるなんて……うっ、んっぐ……ぐすっ…………あ、ありがとぉぉぉ」

ミャムは堪《こら》えきれない様子で、堰《せき》を切ったように泣き出した。

——俺たちはミャムに真実を伝えないことにした。

全《すべ》て解決したのだから、これ以上、小さな子供に余計な精神的負荷《ふか》をかける必要はない。

そう俺が住民たちに提案したところ、みな賛成してくれた。

「お二人には改めて私からもお礼を言わせてください。本当に……本当に、ありがとうございました。これで安心して、ミャムと幸せな日常を送ることができます。そして、色々と失礼な言葉を浴びせてしまったこと、本当に申し訳ございませんでした」

ミャムの母親は深々と頭を下げた。

「いえいえ！　俺たちもいきなり押《お》しかけてしまいましたから。これからは、ミャムと穏《おだ》やかに暮らしてくださいね！　では、俺たちは失礼します」

親子水入らずの時間を邪魔《じゃま》しちゃ悪い。

俺とリリウムはお辞儀《じぎ》をして、ミャムの家を出た。

「さーて、これからどうするかなぁー。ブラックロアを探しにヴィークス山《さん》に行きたいところだが、まず、その前にヴィークス山を探さなきゃならないからなー」

「なによ、その私を疑うような目は？　いーい？　言っておくけど――」

俺とリリウムが村の入り口へ歩いていると、「おーい！」という声が、後ろのほうから聞こえてきた。

振り返ると、ミャムが息を切らしながら俺たちのもとへ走ってきていた。

「はぁっ、はぁっ……もうっ！　ウィッシュたち、勝手に出ていっちゃうんだから！　アタシにも挨拶《あいさつ》させてよ！」

「ふふぅん？　いいのぉ？　チビっ子、お母さんに甘《あま》えたいんじゃないのぉ？」

リリウムが悪戯《いたずら》っぽく笑う。

「べーッだ！　お前には言ってないしぃ…………ま、まぁ、お母さんに訊《き》いたら、ちょっとは力になってくれたみたいだけど…………だから……ちょっとだけ感謝してる……」

「ふふっ。素直《すなお》じゃないいんだからー」

リリウムは、今度は満足そうに微笑んだ。素直じゃないのはリリウムもだな。

「ウィッシュも…………ホントにありがとう！」

「おう！　お母さんを大事にしてやれよな？」

「うん！　それでね？　ウィッシュたちが探してた山のことだけど――」

「それについてはワシから話そう」

ミャムの言葉を遮《さえぎ》り、村長さんが杖《つえ》をつきながら登場した。

「あら、村長さん。やーっと教えてくれる気になったのね？」

「いやぁ、本当に悪かったのう……人間を危険な目に遭《あ》わせるわけにはいかんと思って、つい厳しく言って追い出そうとしてしまったわい」

「いえ、お心遣《こころづか》いに感謝いたします」

「それで、そのヴィークス山についてなんじゃが……そんな山、この魔界《ヘラ》には、もう存在しないぞよ？」

「……へ？」

「その昔、神々の墓場《ヘラシオン》に棲《す》んでおった魔竜《まりゅう》フォルニスが、くしゃみした反動で爆熱波を出して、この辺りの山々を吹き飛ばしてしまったんじゃ。ヴィークス山も、その時に消し飛んでしまったわい」

は？　え？　なにそれ？　フォルニス⁉

あいつ、何やらかしてくれてんだよおおおおおおおおお⁉

「ということは……ブラックロアも、もう手に入らない……発泡《はっぽう》スチロールも……」

果てしない絶望感が俺を襲う。

このまま帰ったらノアたちに合わせる顔がない。フォルニスには文句を言ってやるけど。

「はて？　ブラックロアじゃと？　それなら、裏山に落っこちとるが？」

「はひ⁉」

思わず、素《す》っ頓狂《とんきょう》な声を発してしまう。

「今、話したヴィークス山なんじゃが、その後、長い年月をかけて地面が隆起《りゅうき》してのう。プキュプキュ村の裏にある山、そこが昔、ヴィークス山があった場所なんじゃよ」

なんだって⁉

……ってことは、リリウムの道案内も全くの見当違《けんとうちが》いというわけじゃなかったのか！

「あ、あの！　そのブラックロアなんですけど、少しだけ取っていっても宜《よろ》しいでしょうか？　お願いします！」

「ああ、もちろん構わんぞ？　少しと言わず、たくさん持っていくが良い。お主たちは村の恩人じゃからな！」

「ありがとうございます！」

「やったわね！　ウィッシュ！」

俺とリリウムはハイタッチで目的達成の喜びを分かち合った。

「わーい♪」

ミャムも、意味は分かっていないようだが一緒《いっしょ》に喜んでくれている。

「それにしても……まさか、お主たちに、あんな凄《すご》い力があるとは思わなんだ……いやはや恐れ入ったわい」

「ふふふふふっ、どうやら、このリリウム様の力を思い知ったようね！」

「リリウムか……ふぅむ？　やはり思い違いかのう……その耳、どう見ても人間じゃし」

「村長さん、リリウムのこと何か知っているんですか？」

「うむ。ワシが噂を耳にしたのは50年くらい前かのう……魔界《ヘラ》の中心部のほうで、やたら凄い娘《むすめ》がいると話題になっておったんじゃ。髪色が蒼から銀に変わるという娘《むすめ》が」

「クフフフフッ。聞いて驚《おどろ》くがよいぞ……その超絶《ちょうぜつ》最強にして天才の娘こそ──」

「なんでも、凄ッッッい生意気で調子に乗った小娘だと、貴族連中の間でも話題だったそうじゃ。ワシは絶対に会いたくないがのう、そんな娘」

「…………～ッ」

魂《たましい》が口から抜《ぬ》けそうになるリリウムと、そんなポンコツ女をポカンと見つめるミャム。

ほんと、調子に乗ると痛い目に遭うんだな。俺も気をつけよーっと。

こうして、俺とリリウムは、超レア素材ブラックロアを入手することに成功したのだった。

裏山で採掘《さいくつ》してきたブラックロアをウエストバッグに詰め込み、お世話になったプキュプキュ村に別れを告げようとした時——

「…………あ、あのさ、ウィッシュ」

ミャムが話しかけてきた。

視線を逸《そ》らし、なにやら言葉を詰まらせるミャム。

「ん？　どうした？」

別れが寂《さび》しいのかな？

俺は優しい口調で問いかけたのだが、

「……え、えっとね……アタシが今よりも大きくなったら…………ウィッシュのお嫁《よめ》さんにしてほしいッ！」

——突然の告白を受けてしまった。

まさかまさか。まさか、人間年齢で8歳の少女に、である。

「はあぁぁ!?　ちょ、ちょっとぉ!?　チビッ子、急になに言い出してんのよ！　そ、そんなのダメに決まってるでしょ！」

「急じゃないもんっ！　リリウムこそ、そんなに慌《あわ》てて、どうしたのさ？　リリウムはウイッシュの恋人《こいびと》じゃないんでしょ？」

「ち、違うけど、な、なによ？　こんのッ、マセガキめぇ……ッ」

「……ねぇ……ウィッシュ……ダメぇ？」

不安そうな表情で俺の顔を覗《のぞ》き込んでくるミャム。

「あははっ、そうだなぁ？　ミャムが大きくなって、他に好きな男性ができてなかったら、そん時にまた考えてくれっ」

「うん！　アタシ、絶対にウィッシュと結婚《けっこん》する！　絶対に迎《むか》えに来てよね⁉」

「あ、ああ……が、頑張るよ……あははは……」

あと100年くらい生きられるように……な。

「フーン。随分《ずいぶん》と、おモテになるようで？」

なんか急に不機嫌《ふきげん》になるリリウムが不気味で怖《こわ》い……。

「ふぉっふぉっふぉ！　ウィッシュ殿《どの》は女子《おなご》に好かれる男子なんじゃのう。羨《うらや》ましいぞい？

ふぉっふぉっふぉっふぉ！」

「もう、からかわないでくださいよっ」

「プキュプキュ村を訪れる人間の男子は、みな女子《おなご》に好かれるようじゃのう！」

「え？　以前にも村に来た人間がいたんですか？」

「おお！　おったとも！　あれは忘れもしない、本当に尊敬できる人間じゃった」

「へぇー、魔界《ヘラ》に人間が来るなんて、珍《めず》しいわね」

「その人間は、ワシらに色々なことを教えてくれたもんじゃ。知っておるか？　ワシらが履《は》いている靴《くつ》の裏には、雑菌《ざっきん》という目に見えないものが存在しておるそうじゃ。じゃから、家に入る際は、靴を脱《ぬ》いだほうが良いそうじゃ。お主たちも試《ため》してみるといいぞ？」

村長さんが得意気に語る。

……が、その知識は、以前、俺もノアに教えてもらったことがある。

「村長さん、その人間の名前って覚えてますか？」

「もちろん覚えとる。サブロー殿じゃ！」
サ、サブロー!?　それって……。
「え!?　それって、ウィッシュのひいお祖父《じい》さんじゃないのよ!?」

「………ど、どういうことだ!?」

サブローひい祖父《じい》ちゃん……マジで一体何者なんだよ……。

「おお！　ウィッシュ殿はサブロー殿の親族の方であったか！　……ふぅむ？　そう言われると、どことなくサブロー殿の面影《おもかげ》があるわい！　どうじゃ？　サブロー殿は元気にやっておられるか!?　最近、顔を見せなくてのう～」

「サブローひい祖父《じい》ちゃん、とっくの昔に死んじゃいました……」

「なんと⁉　そうじゃったか………。そうか……人間はワシらと比べて寿命《じゅみょう》が短いんじゃったのう……そうかそうか……」

村長さんは寂しそうな瞳で、遠くを見つめた。

「ねぇ！　ウィッシュは⁉　ウィッシュは、またプキュプキュ村に来てくれるよね⁉　アタシに会いに来てくれるよね⁉」

ミャムが俺に抱きついてくる。

「ああ！　俺は絶対にミャムに会いに来るぞ！　安心しろ！」

「ほんとぉ～かしらねぇ～？」

そう言って、ジト目を俺に向けてくるリリウム。茶化《ちゃか》すな、茶化すな。

「ううぅ～～～、えぇええぇぇぇ～～ん！　ウィッシュと二度と会えなくなるとか、嫌《いや》だよおおぉ！　一緒にプキュプキュ村で遊んで暮らそうよ！　うわぁぁあああん！」

ほら見ろ、ミャムが大声で泣き出してしまった。

「だ、大丈夫よ！　ウィッシュがボケちゃっても、私が無理矢理《むりやり》に連れてくるから！」

それ……俺が爺《じい》さんになるまでリリウムも一緒に居るってことだよな。それは心強い。

「俺、ミャムのこともプキュプキュ村のことも絶対に忘れない。だから、ミャムは安心して、お母さんと仲良く暮らすんだぞ？　俺との約束だ。もし、約束を破ったら………こうしてやるぅ！」

俺はミャムの脇腹を、コチョコチョと触《さわ》ってやった。

「えっ⁉　ひゃッ⁉　ひゃあぁぁッッッ‼　ダ、ダメ、そ、そこはダメだよおおお！」

……ここ、ほんとに弱点なんだな。

「あ、それとな？　罠づくりも程々《ほどほど》にしとけよ？　靴が泥水《どろみず》に濡《ぬ》れて大変なことになるんだからな？」

「えぇぇぇぇぇ⁉　なんで、そのことをぉぉ⁉　アタシ、内緒《ないしょ》で罠つくってたのにぃ！」

「あはは！　次に俺が村に来た時に教えてやる！　それまで元気にしてるんだぞぉ！　村長さんも、色々ありがとうございました！　それじゃあ、バイバイッ！」

こうして、俺とリリウムは新たな出会いと一時の別れを惜しみつつ、刺激的《しげきてき》な魔界《ヘラ》での冒険《ぼうけん》を終えた。

◇◆◇◆◇◆◇◆◇◆◇◆

レピシアへ戻ると、すっかり夜になっていた。魔界《ヘラ》も夜だったけど。

「あっ！　ウィッシュ兄《にい》たちが帰ってきたよ！」

「おかえりなさい、ウィッシュさん、リリウムさん」

追憶の樹海《フォルニウム》に降り立った俺とリリウムを、ミルフィナとノアが出迎《でむか》えてくれた。

「悪い。遅《おそ》くなっちまった」

こんな深夜まで樹海で待っていてくれた二人には本当に頭が下がる。

「大丈夫ですよ。私とミルちゃんはフォルニスさんと一緒に、森の中で遊ばせてもらっていましたから。ね？　ミルちゃん？」

「うんっ！　かくれんぼとか水浴びした！　ワタシ、ちゃんとウィッシュ兄たちの帰りを大人しく待ってたんだよぉ？　偉《えら》いでしょぉ！」

俺に褒《ほ》めてもらいたいのか、ミルフィナは得意気に言った。

「ああ、偉いぞミルフィナ。一日中ミルフィナの面倒《めんどう》を見くれて、ありがとな、ノア」

「おぉー？　なんだウィッシュ～？　オレ様には感謝の言葉はねぇのかぁ～？　この神オンナの世話をするのは大変だったんだぜぇ？　ウィッシュ兄がいない！　ウィッシュ兄がいない！　って、一日中泣《な》き喚《わめ》いてよぉー」

「……全然、大人しく待ってないじゃないのよ」

リリウムが呆《あき》れたように言う。

「ま、まぁ、ミルフィナはともかく………フォルニスよ。ここでは絶対に『くしゃみ』

するなよ？　後世の人間たちに迷惑《めいわく》が掛《か》かるかもしれないからな」

「ハアァ⁉︎　それは、どういう意味――」

そうして、俺たちはアークの我《わ》が家《や》へと帰っていったのだった。


――家に着いてからのリリウムとの会話。

「リリウム………妹さんのことだけど」

俺は気になっていたことを本人に直接ぶつけた。

「ああ、ギール病の件？　ウィッシュは気にしなくてもいいわよ」

「いや………そのよ？　俺、全然知らなかったんだな、って思ってさ。リリウムの妹さんのこともだけど、魔族のことも。魔界《ヘラ》では普通《ふつう》に生活してる魔族も居て、人間とも普通に交流できる。戦いなんか望んじゃいないんだって」

「それは人間も同じでしょ。アークの人たちのように、自由で平和を求める人間が居る一方で、魔族を倒して報酬《ほうしゅう》を得ようって考える人間も居る。魔族にも、魔王軍のような過激な武力派組織があるわけだし。全員が平和主義者ってことはないわよ」

「そうだけどよ………争いの根底にあるのが一つの病なのだとしたら、それを解決できさえすれば、みんな仲良くできるんじゃないかなって」

「それはないわ」

リリウムが真面目《まじめ》な顔で、キッパリと断言した。

「どうして？」

「ずっと昔から戦ってるのよ？　最初の原因が何にせよ、どちらが悪いにせよ、戦争の歴史の中で関係なく傷ついた者には、ギール病なんて最早《もはや》関係なくなっているのよ」

争いの種に火がつき、その炎《ほのお》がどんどん別の場所に飛び火していったのだ。今、自分の目の前で燃えている炎の火種が、元はどこにあったのかなんて誰《だれ》も気にしていない。

燃えているから消火する。ただ、それだけだ。

「…………リリウムも？」

「私は妹の病気を治したい。それだけを願って、魔王軍の招聘《しょうへい》に応じたわ」

「…………」

病気を治す――。

ギール病が蔓延《まんえん》していない人間世界《レピシア》を奪って、そこへ移住する。本来の魔王軍の目的は非常に攻撃的《こうげきてき》で好戦的なものだが、やはりリリウムの思想は彼ら《かれ》とは異なっているようだ。

「レピシアを奪うつもりも、レピシアに住む人々を困らせるつもりも、最初は無かったのよ、本当に……。ただ、病気の原因を突き止める何か……魔界《ヘラ》には無い解決策がレピシアにはあるかもしれない、そう思って魔王になったのよ」

リリウムの魔王時代、魔族と人間の戦争は一度も無かった。リリウムが内政に力を入れていたのは、レピシアの調査をするためだったのかもしれない。

「そうだったのか」

「……でも、魔王軍に居場所が無くなって、結局、人間の街に攻《せ》め込んじゃった……自分の保身を考えちゃった」

寂しそうに、申し訳なさそうに、リリウムはポツリと呟《つぶや》いた。

リリウムの罪は、リーダーである俺も一緒に背負《せお》い込む。

今は、前を向いて進むしかない。過去は変えられないから。

俺にできることは、リリウムの隣《となり》で一緒に新たな一歩を踏《ふ》み出すことだ。

「そのことを悔《く》やんでいるんだったら、俺と――俺たちと一緒に解決策を探そうぜ！　俺は、今日魔界《ヘラ》に行って確信したんだ。人間と魔族、ともに歩けるって！　やり直せるって！」

「ウィッシュ……………ほんと、どこまでも前向きなアホ商人だわ……………ふふっ」

そして、リリウムは――小さく「ありがと」と言って、可愛《かわい》らしく笑った。

幕間《まくあい》～紅蓮《ぐれん》の怒《いか》り～

ルゥミイは、自分の身に何が起きたのか分からなかった。

リリウム失脚《しつきやく》後、新たな魔王軍の幹部になったルゥミィ。彼女が、魔王軍総指揮官ドワイネルから与《あた》えられた初任務――それは魔竜フォルニスの懐柔《かいじゆう》だった。

しかし、ルゥミイには、その任務を達成できたのかどうか判断がつかなかった。

正確には……記憶《きおく》がなかった。

「……死ぬかと思った…………っていうか！　なんで、アタシは死にかけたのッ⁉」

ルゥミイは気づいたら、平原で倒れていた。

温暖な気候の平原で、凍死《とうし》寸前の状態で――

「火の魔素が多い場所だったから助かったけど…………あんな意味不明な田舎《いなか》、もう行きたくない！　てか絶対に行かない！」

ルゥミイは一命を取り留めた後、魔王城に舞《ま》い戻り、不満をぶちまけていた。

「ルゥミゥさん？　いったい何を怒《おこ》ってらっしゃるのですかな？」

そこへ、総指揮官ドワイネルがルゥミィの前に現れ、声をかけた。

魔王が空位の現在、魔王軍においての最高幹部が、このドワイネルである。

「あ⁉　ド、ドワイネル……様！」

「なんですか、いきなり負傷して魔王城に戻ってきたと思ったら大声をあげて。あなたには魔竜フォルニスを手懐《てなず》けるという任務を授《さず》けていたはずですが？　進捗《しんちょく》はどうなっているのですか？」

「えっと……」

「ま・さ・か、任務の実行に遅《おく》れが生じているわけでは……ないですよねぇ？」

ドワイネルは、ネットリと纏《まと》わりつくような口調で訊《たず》ねる。

「特に、問題は……ないです……」

「ほぉーう！　そうですか！　それを聞いて安心しましたよ！　新人幹部の中には、途中で任務を放《ほう》り出す根性《こんじょう》なしの役立たずも居ますからねぇ？　た・ま・に、ですけど」

「……………」

「まぁ、新人が消えても、代わりは他にいくらでも居ますけどねぇ？　新たに使ゑる者を幹部に引き上げるだけですから」

「……………」

「あぁ、それとですね！　要領の悪い新人は調子に乗って、すぐに標的に突っ込《こ》んでいくんですよ。ほんとぉーに、頭が悪すぎます。まずは情報収集。これが鉄則です」

「…………」

「私が若い頃は今よりも大変な環境《かんきょう》でしたけど、努力して命懸《いのちが》けの任務をこなしてきたのですがねぇ？　最近の新人は、ほんとぉーに使えなくて困ります。ちょっとは出来る者を見習って、技術や能力を盗《ぬす》んで、自身の向上に努めてほしいものです」

「…………」

「あと、ひじょ〜に初歩的なことですけど。上司の話は真面目に聞くことが大事ですよ？と・く・に、返事くらいはしたほうが良いかと思いますよ？」

「…………はい」

「それでは、引き続き任務を頑張ってください」

ドワイネルは一方的に話をして、一方的に話を終わらせて去っていった。

その場に残されたルゥミィの顔は、燃え盛る炎のような紅蓮色に染まっていた。

「あんのッ、クソジジィ！　いつか燃やしてやるッッッ!!」

三章　怒りの爆炎、再び

ギール病。

魔界《ヘラ》に蔓延する不治の病であり、人間と魔族の戦争の原因にもなったという病気。

魔界《ヘラ》から帰った後の数日間、レピシアでギール病について色々と調べてみたのだが……。

「マジで何の情報も無いな……」

アークの倉庫に保管されている文献《ぶんけん》を読んでも、ギール病に関する記述は一切《いっさい》なかった。

アストリオンに行って、情報屋や雑貨屋のおっちゃんに訊《き》いてみても、「知らない」「聞いたことない」という答えだけだった。

どうやら、人間世界《レピシア》にはギール病の情報は広まっていないらしい。

魔族の凄い学者さんたちでも治療《ちりよう》方法を見つけ出せていない難病。医者や学者でもない一介《いっかい》の商人の俺が、どうこうできる問題じゃないのかもしれない。

でも——

「絶対に解決策を見つけてみせる」

今は、まだ敵の正体を看破できていない。

だけど……いずれ、解決策の糸口を掴《つか》んでみせる。

リリウムと約束したからな。

希望の光《ウィッシング・ユー》でも見破れなかった難敵だ。腰《こし》を据《す》えて研究する必要がある。

「ウィッシュ兄《にい》～、どうしたのぉ？　そんな難しい顔して！」

家の中で考えに耽《ふけ》っていたら、ミルフィナに心配されてしまったようだ。

「ちょっと大事なこと考えてた」

「ちょっと大事？　大事なの？　大事じゃないのぉ？」

なんか微妙《びみょう》に伝わらなかったようである。

ミルフィナのこういうところは子供であり、魔界《ヘラ》で出会った魔族の少女ミャムと重なって見えてしまう。

「めちゃくちゃ大事だ。ミルフィナの夢にも繋がる大事なことだぞ？」

「えっ⁉　ほんとにぃー⁉」

ミルフィナの夢であり、願い――

それは、人間と魔族が仲良く暮らせる世界をつくること。

現状では完全な夢物語である。

「ああ、本当だ」

しかし、人間と魔族の争いの火種を消せる可能性はある。リリウムは完全な解決にはならないって言っていたけど、少なくとも魔王軍のレピシア侵攻《しんこう》の理由は無くなるはずだ。

「じゃ、じゃあさ！　家の中、い～っぱいのパンで溢《あふ》れるようになるのぉー⁉」

「………へ？」

な、なに言ってんのかな……この女神様《めがみ》……。

人間と魔族の和解という壮大《そうだい》な話は、どこにいった⁉

「えへへっ～、昨日も夢に見たんだぁ♪　周りをパンに囲まれて……幸せ～な夢！」

嬉《うれ》しそうに語るミルフィナ。満面の笑《え》みである。

……うん。それは本当に夢物語だな。

でも、子供が幸せな顔をしている世界、それは間違《まちが》いなく俺の理想だ。

「なーに、アホなこと言ってるのよ、ミル。それに、ウィッシュも。今日もやるんでしょ？　あの実験」

俺がミルフィナと戯《たわむ》れていると、リリウムが腕組《うでぐ》みをして話しかけてきた。

「ああ！　もちろん、やるぞ！」

「ノアが準備してくれてるから、早く来なさいよ」

「おう！」

俺《おれ》が応《こた》えると、リリウムは家の外へ出ていった。

――実験。

俺はブラックロア入手後、全ての材料が揃《そろ》ったことで、さっそく強化発泡スチロールの製作に取りかかっていた、のだが……。

「今日は成功するといいねっ！」

「あ、ああ、そうだな……………ははっ」

未《いま》だに完成には至っていなかった。

材料は間違いなく揃っているのだが、素材を調合する際の分量など、細かい部分で色々と調整が必要なことが判明したのだ。

俺は学者でも医者でもなければ、発明家でもない。

今、本当に腰を据えて取り組まなければならないのは、この発泡スチロールづくりだ。

ギール病とは違《ちが》い、完成品の情報もあるから、失敗を繰《く》り返しつつ徐々《じょじょ》にゴールを目指せばいい。

俺は、今日も今日とて異世界の素材づくりに励《はげ》んでいく――

◇◆◇◆◇◆◇◆◇◆◇◆

アタシは悩《なや》んでいた。

「ドワイネル……あのジジィの指令なんか、テキトーに流しちゃっても」

魔竜フォルニスを手懐けるとか、アタシにはマジで関係ないしッ！

そもそも、あのジジィ、言ってることが滅茶苦茶《めちゃくちゃ》だしッ！

アタシは総指揮官ドワイネルから下された指令を実行するべきか、悩んでいた。

「べっつに、大人しく従う必要はないんだよねーッ」

戦闘《せんとう》能力だけでいえば、アタシはこの世界《レピシア》で最強だ。

こんなに火の魔素が潤沢《じゅんたく》に漂《ただよ》ってる世界、まさにアタシのための世界だ。

炎系に特化して力を磨《みが》いてきたアタシの実力を遺憾《いかん》なく発揮できる。魔王として君臨することだってできるかもしれない。そうなれば、ドワイネルなど問題ではない。

「マジでジジィ燃やしちゃおっかなー……」

いや！　待て、アタシ！　冷静になれ！

ドワイネルに対してのクーデターなら成功させることができる。

でも、他の幹部連中たちはどうする⁉

今のアタシが最強だからといって、さすがに残りの10の幹部を力で従えるのは無理だ。

……熱くなるのは良くない。

アタシは、氷雪系魔法《まほう》の使い手なのに頭が熱くなるアイツとは違うのだ。

心も身体《からだ》も燃えまくっているけど、頭は常に冷静でいる必要がある。

ジジィ炎上《えんじよう》計画は、ひとまず置いておこう。

「……メンドーだけど、もう一回行ってくるかー」

『最強』のアタシに瀕死《ひんし》の傷を負わせた何か──その正体を探《さぐ》ってやるんだ。

「って！　それ、マジで怖すぎなんだけどッ⁉」

冷静に考えたら、行きたくなくなってきた！　けど、行くしかない！

そんな感じで、結局、アタシは魔王城を出発したのだった──

◇◆◇◆◇◆◇◆◇◆◇◆

異世界の素材である発泡スチロール。そのレピシア版ともいえる、奇跡《きせき》の素材開発を進めること数日。

失敗に失敗を繰り返し、ようやく……、

「か、完成したぞおおおおぉ!!」

ウエストバッグの内素材に使用されていたモノと同じ素材を作り出すことに成功した。

機能性や用途《ようと》など、間違いなく俺のひい祖父《じい》ちゃんが作ったモノと同じだ。

希望の光《ウィッシング・ユー》の解析《かいせき》結果で証明されたから間違いない。

これまでレピシアの国々では、王侯《おうこう》貴族や一部の金持ち冒険者《ぼうけんしゃ》以外に『味』を楽しむという余裕《よゆう》はなかった。俺もノアの料理に出会うまでは、食事は栄養素を摂《と》るための行為《こうい》として割り切っていたくらいだ。

しかし！　これからは、一般《いっぱん》市民も新鮮《しんせん》な食べ物を味わって楽しむことができるんだ！

それが日々の過酷《かこく》な生活の中で一つの癒《いや》しになり、幸福感が生まれてくれたら最高だ。食あたりで亡《な》くなる人も減るだろう。

「やったねっ！　ウィッシュ兄！」

「擦《こす》れた時に出る、このキュキュキュッていう不快な音まで同じだわ！」

「まさか、本当にレピシアで発泡スチロールを作ってしまうなんて……凄いですよ！　ウィッシュさん！」

ミルフィナ、リリウム、ノアの三人が大喜びで祝福してくれている。

もちろん、俺も最高の達成感を味わっている。

「厳密に言えば、発泡スチロールっていう素材ではないんだよな。それの強化版だから、名前は別に考えないと……」

「え？　名前？　んーっと、そうねぇ！　それじゃあ――」

「いや！　やっぱり名前は発泡スチロールのままでいいや！　用途としては同じだしな！　うんうん！　そうしよう！」

俺はリリウムの言葉を慌てて遮って、無理矢理に名前を決定させた。

リリウムに名前を決めさせてはいけない！　絶対に変な名前にされる！

この素材は、これからレピシアに革命をもたらす奇跡の素材なのだ。みんなに親しまれる名前がいい。

……発泡スチロールというのも、俺からしたら変わってるネーミングなのだが……。

「ってことで、早速《さっそく》この発泡スチロールを使って効果を確かめてみたいところだけど……その前に、食材庫を新たに造り直さないとだよなぁー」

「そうですね。外気と内気を分断させるために、外壁《がいへき》と内壁《ないへき》の間に入れる素材ですからね。しかも、隙間《すきま》なく詰《つ》め込まないと効果を発揮しません」

「うわっ……結構、専門的な能力が必要になりそうだけど……大丈夫《だいじょうぶ》かな……」

「それと、私の居た世界では、室内の熱を自動的に外に放出するシステムも作られていました」

それ、さらに温暖化が進みそうだな……。

俺は温暖化の影響《えいきょう》を直《ちょく》に受けているリリウムをチラッと見やる。

「面倒な作業が無くなって、いつでも新鮮な食べ物を食べられるのよね！　最っ高だわ！」

最っ高らしい。良かった良かった。

「ただ、この発泡スチロールは、私の知っているモノよりも遥《はる》かに優《すぐ》れた能力を備えているみたいですので、排熱《はいねつ》システムは必要ないかもしれません。リリウムさんが作ってくれた特製氷も強力ですしね」

外からの火の魔素の侵入《しんにゅう》さえ遮断《しゃだん》してしまえば、リリウムの氷は最強だからな。

それにしても……この発泡スチロール、本当に凄いやつなんだな。対象物をコイツで囲んでしまえば、中は暑くならないってことだ。ビセイブツも発生しない。

…………発泡スチロールで囲う、か。

「キュキュキュッと合体だぁ！　えいっ、えいっ！」

ミルフィナは、2枚の発泡《はっぽう》スチロール板を合わせたり重ねたりして遊んでいる。

「ちょっと、ミル？　これは遊び道具じゃないのよ。壊《こわ》したらウィッシュに怒られるわよー？」

「えぇ〜、壊れないもんっ。これ、自由に曲げられて、すぐに元に戻《もど》せるから大丈夫だよ！　ほらっ、お家《うち》が完成したよぉ！」

ミルフィナは発泡スチロール板を曲げて、立方体を作っていた。小さな家、らしい。

……家か。中は涼《すず》しくて住みやすいんだろうな。

などと考えていたら、あることを閃《ひらめ》いた。

「あのさ、ノア。この発泡スチロールって、材料を調節すれば自由な大きさで作製することができるよな？」

「ええ、できますよ。それが、どうかしましたか？」

「うん、ちょっと思いついたんだけど。持ち運べる大きさで箱を作ってさ、その内素材に発泡スチロールを使って全体を囲んじゃえば、簡易的なレイゾウコにならないかな？　それこそ、俺が使っているウエストバッグみたいな感じで」

俺自身はウエストバッグを道具入れにしか使ってこなかったので、効果は実感できていないのだが……。

「ウィッシュさん！　それ、クーラーボックスですよ！」

「へ？　クーラー……ボックス……？」

ミルフィナとリリウムも目を丸くさせて首を傾《かし》げている。

「まさにウィッシュさんが言った簡易的な冷蔵庫です！　持ち運びできる、携帯《けいたい》用の保温箱ですよ！」

「え⁉　ってことは、それがあれば旅の冒険中でも新鮮な物を食べられるってことか⁉　干《ひ》からびて固くなったやつとか、腐《くさ》りかけのやつとか……そういうの気にせずに！」

旅の食料事情は、冒険者が抱《かか》える悩みの種だった。常に残量と品質をチェックし、パーティーの胃を安全に守る。俺も冒険者時代は苦労していた。

「ええ、そうですよ！　それに、食材を新鮮なまま運ぶことができるので、特産物を別の街や国へ届けられます！」

なんだって⁉　商人としては、聞き捨てならない！

「お、おいおい……食料流通に革命が起きるぞ！」

人々の不平不満は大きな商機を生むのだ。

「なんか分かんないけど、ウィッシュ兄、凄いことやっちゃったぁ？」

「ええ！　ミルちゃん、そうですよ！　ウィッシュさんは、もしかしたらレピシアの『食文化』を変えるかもしれません。あとは、保冷剤《ほれいざい》をなんとかできれば――」

俺たちは強化版発泡スチロールの開発成功だけでなく、クーラーボックスの製作にも着手しようとしていたのだった。

正午過ぎ――

俺たちは、アークの広場で発泡スチロール完成の祝宴《しゅくえん》を開いていた。

目的の素材開発が成功したので、ひとまずの区切り、ということで催《もよお》すことにした。

息抜《いきぬ》きと達成感を味わうことは大事なことだ。

「ウィッシュリーダー、おめでとうございます！」

「いやー、ウィッシュさんは本当に凄《すご》いです。私たちが夢にも思わないようなモノを作ってしまうんですから」

「新たな食材庫の建築、オレたちにも手伝わせてくれよな！」

村人たちも一緒《いっしょ》に喜んでくれている。

「みなさん、ありがとうございます。毎日のお仕事だけでなく、色々なサポートまでしていただき本当に感謝しています。これからも、アークを一緒に盛り上げていきましょう！」

俺が言うと、住民たちは一斉《いっせい》に声をあげて応えてくれた。

この一体感の強さこそ、アークの魅力《みりょく》であり力なんだ。

「ウィッシュ兄～！　みてみて～、お爺ちゃんが、お饅頭《まんじゅう》くれたよっ！」

嬉しそうに饅頭を持ってミルフィナがやってきた。

ミルフィナの言うお爺ちゃんとは、元村長のゼブマンさんのことだ。

「ふぉっふぉっふぉ、ウィッシュ殿。賑《にぎ》やかで、良い日じゃのう」

そのゼブマンさんも宴《うたげ》に参加してくれていた。

「そうですね。こういう穏《おだ》やかな日常を続けていきたいです」

「いやはや、儂《わし》もウィッシュ殿をリーダーに指名して本当に良かったわい。儂が村長を務めていた頃《ころ》よりも、皆《みんな》ずっと明るくなった」

「そんなことないですよ。俺は、ゼブマンさんが守ってくれていたものを引き継《つ》いだだけですから」

これからも守り続けるんだ。

誰にも邪魔《じゃま》されず、来るものは大歓迎《だいかんげい》する、そんな方舟《はこぶね》を。

俺がリーダーとして決意を新たにしていると……、

「――た、大変だあぁああぁぁッ!!」

アークの衛兵が大声をあげて走ってきた。

「なにかあったんですか!?」

「ウィッシュリーダー！　大変です！　魔族です！　魔族がアークにやってきました！」

「魔族だって!?」

こんな辺境の村に魔王軍が侵攻してきたというのだろうか⁉

俺が急いでアークの入り口へ向かおうとした矢先。

魔族という言葉を聞きつけ、リリウムが血相を変えて近くにやってきた。

「その魔族、どんなやつだった⁉　怪物《かいぶつ》みたいな大男⁉　それとも年寄り⁉」

「怪物……年寄り……いや、そんな外見じゃないッ！　女だ！　全体的に赤い色をした女だ！」

「赤い……女…………まさか⁉」

リリウムは真剣《しんけん》な表情で呟くと、俺よりも先に入り口へと駆《か》けていってしまった。

「おい、待て！　俺も行く！　ノアとミルフィナは住民たちの避難誘導《ひなんゆうどう》を頼《たの》む！」

「わ、わかりました！　ウィッシュさん、気をつけてくださいね……ッ」

ノアは右手の薬指に嵌《は》められた指輪を擦《さす》りながら言った。

「ウィッシュ兄……戦いにはならないんだよね？　大丈夫だよね⁉」

普段《ふだん》の陽気な口調とは異なる、心配そうな声で訊ねてくるミルフィナ。

「……ああ。絶対に大丈夫だ。俺に任せておけ！」

逸《はや》る気持ちを抑《おさ》えつつ、俺もリリウムに続いて入り口へと走った。

——アークの入り口に到着《とうちゃく》すると、早速リリウムの声が耳に響《ひび》いてきた。

「あ、あんた！　なんで、こんな所に来てんのよっ⁉」

「ってか、リリウムセンパイッ⁉　えッ⁉　マジでセンパイじゃないですかぁ⁉　センパイこそ、なんでこんな人間の田舎村に居るんですかぁー？」

「べっ、べつに私の勝手でしょ！」

「はぁ？　リーストラ城はどうしたんですかぁ～？　えっ、まさか、ドワイネル様の指令を無視して、レピシア観光ですかぁ～？　これだから平民出身の幹部は困るんですよっ。あっ、もう幹部じゃなかったですね。失礼しましたぁー！　キャハハッ」

入り口では、蒼《あお》の女魔族と赤の女魔族が対峙《たいじ》している。

蒼の女魔族は、もちろんリリウムである。そして、赤の女魔族が来客だ。

……いや、客と呼んで良いものだろうか。結構、好戦的なようにも見えるが。

「ぐぬぬ……この小生意気な小娘《こむすめ》めぇ……ッ」

見る見るうちに、リリウムの髪《かみ》が銀色に変わっていく。

「フンッ。アタシとしてはセンパイのことなんて、どぉーでもいいんですよっ。それに、こんな村、とっとと燃やしちゃってもいいんですよ」

物騒《ぶっそう》なことを言い出す赤魔族。

――場に不穏《ふおん》な空気が漂い始める。

俺とリリウム以外に人が居なくて良かった。もし、こんな会話を聞かれていたらパニックになるだろう。これは、完全に魔王軍の侵攻だ。

「……あんた、マジで何しに来たのよ」

リリウムの声も一気に真剣なトーンへと変わる。

「魔竜《まりゆう》フォルニスの調査ですよ。最近、フォルニス近辺で異変があったみたいなんで、その確認《かくにん》に来たんです。だから、こうして情報収集に来たわけですよ、メンドーですけどッ。ホントは人間なんて、見つけ次第すぐに殺しちゃいたいんですけどねー」

「なるほど……先遣隊《せんけんたい》の隊長ってこと」

「まぁー、地味な調査なんで部隊は編制してないですけど。今回はアタシだけでーッす。ってことなんで、リリウムセンパイ、テキトーな人間を連れて来てください。情報を聞いた後、すぐに殺しちゃいますけどねッ！」

「人間なら既《すで》に俺がいるぞ。なにか聞きたいことがあるなら俺が話す」

これまでリリウムと赤魔族の話を黙《だま》って聞いていた俺。しかし、だんだんと空気が重くなってくるのを感じ、場を落ち着かせるため話に加わることに。

「あぁ、居たの、人間。魔力《まりよく》感知に引っかからなかったんで、全然気づかなかったし！」

「俺は、この村のリーダーをやってるウィッシュだ。よろしく」

俺は歓迎の印として、手を差し出し握手《あくしゅ》を求めた。

「はッ⁉　なにそれ！　このアタシがゴミみたいな人間に触《さわ》るわけないじゃんッ！　人間がアタシに触《ふ》れようとするなんて、無礼にも程《ほど》がある！」

落ち着かせようとした場が、逆に一気に炎上しはじめる。赤魔族は瞳《ひとみ》の奥《おく》に凄《すさ》まじい怒りを秘《ひ》めているようだった。燃え上がる炎のような熱さを感じさせてくる。

「それは悪かった。俺の態度に問題があったのなら謝《あやま》る。それで、フォルニスのことを知りたいんだったよな？　フォルニスなら、追憶《あ》の樹《い》海《つ》に居るぞ。今日も普通に樹海の中で陽気に過ごしているはずだ。行ってみるといい」

「お前、アタシを馬鹿《ばか》にしてるのか⁉　樹海に居るのは知ってんだよッ‼　この付近で異変を感じたことがあるかどうか聞いてんだよッ！　大爆発《だいばくはつ》があったとか、大吹雪《おおふぶき》が発生したとか！」

「ルゥミィ、あんた何言ってんのよ。こんな平穏《へいおん》な村の近くで、そんな物騒なこと起きるわけないじゃない。しかも……なに？　あんた、ちょっと怯《おび》えてない？」

赤魔族――ルゥミィの様子を窺《うかが》ってみると、たしかにリリウムの指摘《してき》どおり、先程《さきほど》とは違い少し震《ふる》えているようにも見える。

「は……？　このアタシが怯えてるだって⁉　…………リリウムセンパイ。このチンケな村とセンパイに、どんな関《かか》わりがあるのかは知りません。でもねッ！　今、決めたッッ！　この村の人間、全員残らずアタシが灰にしてやるッッッ‼」

ルゥミィの瞳が真紅《しんく》に染まる。

怒りの導火線に火が点《つ》いてしまったようだ！

「ちょ、ちょっと待て！　話をしよう！　フォルニスのことだよな⁉　あいつは──」

「もおッいいッ！　まずは、お前から消し炭にしてやるッ！　矮小《わいしょう》な人間めッ、アタシを馬鹿にしたことを後悔《こうかい》しろッッッ‼」

ルゥミィは掌《てのひら》を俺たちに向け、燃え盛るような視線を突《つ》き刺《さ》してきた。

「なんか……ヤバくね……」

「うん……ちょっと、マズいかも。挑発《ちょうはつ》しすぎたかしらね……アハハッ」

アハハッ、じゃねぇし！

相手の女魔族ルゥミィは、リリウムとの会話を聞く限り、おそらく魔王《まおう》軍の幹部だ。

その幹部魔族が激昂《げきこう》し、俺たちに攻撃《こうげき》を仕掛《しか》けようとしているのだ。

アークの中に攻撃を向けさせるわけにはいかない！

俺は攻撃の照準を自分に向けさせるため、アークの外へと咄嗟《とっさ》に走った。

「逃《に》がすかぁッ!! 踊《おど》り焼かれろッ!! 業火の宴《フレア・パーティ》！」

ルゥミィの翳《かざ》した掌から真っ赤な炎が踊るように噴《ふ》き上がり、一瞬《いっしゅん》にして俺の周りを取り囲んだ。

「ウィッシュー ッ!!」

リリウムの声が炎越《ほのおご》しに聴《き》こえてくる。

「キャハハッ!! あーあ、こうなっちゃったら、もう終わり。大人しくアタシの質問に答えてればいいのにッ！ あ、答えてても殺してたけどッ！ キャハッ！」

少女の残酷《ざんこく》な笑い声が、炎の音の隙間を縫《ぬ》って届く。

俺からはリリウムもルゥミィの姿も見えない。それどころか景色も何も見えない。

周囲一面、燃え盛る炎で覆《おお》われてしまった。

「……く、くそっ！ なんだ、これ……熱いし身動き取れないし……」

……あれ？ でも、それだけじゃないか？

俺は直接燃えているわけじゃないし、火の魔法を受けたわけじゃない。

今のところ、肉体的なダメージは一切ない。

「ウィッシュ!? 大丈夫!?」

「ああ！ なんか大丈夫そうだ！」

「そ、そう！　良かったっ。……ふんっ、ルゥミイ、あんた自慢《じまん》の炎魔法《ほのおまほう》も大したことないわね！　ウィッシュの行動を制限させただけじゃないのよ。なに？　もしかして、ただの脅《おど》しの攻撃だったのかしら？」

「キャハッ……キャハハハハッ！　いいですねーッ！　その必死に強がった反応。まぁ、リリウムセンパイは、その場で見ていてくださいよ」

「なにを？　あの暑苦しい炎《ほのお》が消えるのを待っていればいいの？」

「アイツが悶《もだ》え苦しんで、命乞《いのちご》いしながら惨《むご》たらしく死んでいく様子を、ですよ♪」

「なにを言って――」

一向に消える気配のない紅蓮の炎――その炎の渦《うず》の勢いが、突如《とつじょ》、増した。

そして、不規則に揺《ゆ》らいでいた炎が、その形状を徐々に変えていき……。

「な、なんだ!?　これは……人間!?　いや、魔族か!?」

炎の揺らぎが、まるで人間や魔族のような形になっていったのだ。

「キャハハハッ！　さーて！　楽しいパーティの始まりだよッ！　踊れ、踊れ！」

ルゥミイの掛《か》け声《ごえ》を合図に、人型のような炎の揺らぎが動く。

俺の周囲を人型の炎たちが弧《こ》を描《えが》いて回り始め……その動きは、さながら王宮で華麗《かれい》に踊る貴族たちのように見えた。

「な、なによ、これ……炎のダンス……？　パーティ？」

「センパ～イ、楽しいのはここからですよォ！　ほらっ、そろそろキますよぉ♪」

リリウムたちの姿を確認することはできないが、なにやら攻撃が次の段階に移ったらしい。しかし、俺の身に未だ異変は……。

「……っあ、あぐッ……っぐ………あがッ……!!」

突然《とつぜん》のことだった――

息を吸った瞬間《しゅんかん》、肺が焼き切れるような痛みが襲《おそ》ってきた。

……ぐ、ぐるじぃ……空気を……新鮮な空気が……欲し……ぃ……!!

「キャッハハハッ！　キタキタッ！　アイツ、炎のダンスパーティの中心で、苦しみ始めましたよぉー！　キャハッ！　気持ち悪い動きして、まるで変な踊りねッ！」

「ど、どうなってるの!?　ウィッシュ!?　聞こえる!?　ウィッシュー!!　大丈夫なの!?」

「センパイ、そんな声を張り上げても無駄《むだ》ですよー？　あの人間、炎の中で酸素を奪《うば》われて、肺を焼かれて、無残な声を発しながら死ぬだけですから♪」

「な、なによ、それ……!!　待ってて、ウィッシュ！　今、助けるわ！」

どうやら、リリウムが俺を助けるため、炎の渦に突っ込もうとしているらしい。

「リリウムセンパイ、止《や》めといたほうがいいですよぉ？」

「……ッグッグゥ!!　ハ、ハァッ!?　な、なに、この炎の威力《いりょく》……」

「それ、火の粉に触れただけで、今のリリウムセンパイなら炭になっちゃいますよぉ？」

「ど、どうすれば……このままじゃ、ウィッシュが……ウィッシュが！」

悲愴感《ひそうかん》あふれるリリウムの声が響く。

今にも泣き出しそうな声だ。こんなリリウムの声を聴くのは初めてのことかもしれない。

「――リ、リウム……心配、すん………じゃ、ねぇ……ッグ……ハァッ……ッ、……ハァ……大丈、夫……だッッッ!!」

急激に酸素が枯渇《こかつ》していく炎内部。

俺の肺は酸素を求めるあまり、意識とは関係なく、炎が出す煙《けむり》を吸ってしまう。

気道に熱傷を負い、肺の内部は既に火傷《やけど》状態になっていてもおかしくはない。

しかし、俺は肺の限界を超《こ》えて、なんとか声を絞《しぼ》り出した。

「うわーッ、聞きました!?　今のアイツの惨《みじ》めな声ぇ！　掠《かす》れた声で、必死に抗《あらが》おうとしてるぅ！　どうせアイツ、このまま窒息死《ちっそくし》するのにねぇ！　キャハハッ！」

「ちょ、ちょっと！　ルゥミィ！　あの炎の渦、消しなさいよ！　……消してよッ!!」

「あのぉ……さっきから不思議だったんですけどー？　なんで、リリウムセンパイはアイツを助けようとしてるんですかー？　アイツ、ゴミみたいな『人間』ですよぉ？」

「そ、それは…………いいからッ！　はやく、炎を消してッ!!　このままだと……ウィッシュが……ウィッシュが……死んじゃうよぅ……あああぁぁぁっ……!!」

炎の外の状況《じようきよう》は分からない。

ただ――リリウムの必死な様子は伝わってきた。

なんとかして、自力で、この炎の渦を突破《とつぱ》しなければならない。

「うっわッ……なんですか、センパイ、そんな情けない声だしちゃって！　……あっ、そうだ！　いいこと思いついちゃった♪　リリウムセ〜ンパイ？」

「なによ⁉　炎を消してくれる気になったの⁉　それなら、お願いッ！　はやくッ！」

「そんなに炎を消して欲《ほ》しかったら、もっとアタシにお願いしてみてくださいよ………ってか、情けなくお願いしてみせろよ。ほらっ、地面に頭を擦《こす》りつけてさぁ！」

「……え」

「そうだなぁ？　あと、ルゥミィ様、どうかお願いしますぅ〜とか言って、泣き叫《さけ》んでみせな。まぁ、センパイみたいな高慢《こうまん》な女が、そんなことするわけ――」

「ルゥミィ様、どうかお願いしますッッ！　なんでもします！　だから、はやく、あの炎を消してくださいッッッ!!　お願いします！」

「え⁉　えええぇ⁉　秒で土下座してきやがった⁉　し、しかも……そんな、必死にお願いするなんて……」

「私の無様な姿が見たければ、いくらでも見せるわ！　だから……お願いしますッ、ウィッシュを……ウィッシュを助けてください……お願いしますッ！」

「うわっ、引くわー…………ってか、マジで無様！　キャハハハッ」

ルゥミィの高笑いとリリウムの必死な懇願《こんがん》が俺の耳に届いてくる。

――リリウム、待ってろ。

こんな炎の渦、すぐに消してやる。

既に、人の形を模した炎の揺らぎには『光』が視《み》えている。

優雅《ゆうが》に踊りながら回る炎の集団。一人一人に『光』が存在しており、今、その全《すべ》ての位置を把握《はあく》し終えたところだ。

あとは、寸分たがわず光をなぞるだけ――

希望の光《ウィッシング・ユー》の情報によると、一つの炎を残すだけで全ての炎が復元してしまうらしい。

一回の攻撃で、周囲の炎の人型を全て消滅《しょうめつ》させる必要がある。ミスは許されない。

俺は愛用のナイフを構え、神経を研《と》ぎ澄《す》ませる。

そして、周囲で踊る、全ての『光』の軌道《きどう》が『線』になった瞬間――

「ハァァァァァッ!!」

俺自身を円の中心点にして、ナイフの刃《やいば》で弧を描くように、周りの炎たちを一瞬にして薙《な》ぎ払《はら》った。

直後。

取り囲んでいた炎の渦は、一つ残らずシュウゥっと消えていき、俺の目の前にリリウムとルゥミィの姿が現れた。

「う、嘘《うそ》でしょッ⁉　アタシの炎が……⁉」

「ウィッシューーーーーーーッ‼」

炎を突破した俺を出迎《でむか》えたのは、リリウムの大きな大きな叫び声。

「……ぉ……ぉぉう……そんな……抱《だ》きつくな……よ……まだ……喉《のど》が……がはッ」

煙によって傷《いた》められた喉と肺。

窒息死は免《まぬが》れたが、多少のダメージは負ってしまっている。

俺は乱れた呼吸を整えるため、息を吸ったり吐《は》いたりして落ち着かせる。

「……大丈夫？　でも、良かったよぅ……ウィッシュウ……無事で……ほんとに……」

「おいおい、そんなに心配させたか……よ。俺はリーダー……だぜ？　みんなを守る立場だ」

肺も徐々に落ち着いてきた。

「そうだけど……さすがにルゥミィの攻撃を受けたら、って……。でも、さすがね、ナイフ一本で消し飛ばしちゃうんだから」

「言ったろ？　俺は大丈夫だって」

俺は笑ってリリウムの頭を撫《な》でてやった。

「うん！　私もウィッシュのこと、もっと信頼《しんらい》しなくちゃダメね！　反省反省ッ！」

いつものリリウムに戻ったようだ。

心配ではなく信頼。

俺は……俺たちパーティーは互《たが》いを信頼し合える『仲間』なんだ。

ノアとミルフィナは、今もアークの住民を必死に避難《ひなん》させているだろう。そして、俺とリリウムの無事を信じている。

だったら、俺とリリウムは、笑ってノアとミルフィナのもとへ帰るだけだ！

「う、嘘……信じられない……な、なんで、ゴミでアホな人間ごときがアタシの紅蓮《ぐれん》の炎を……」

俺とリリウムが明るい空気を生み出している中、自身の攻撃が突破されてしまったルゥミィは負の感情を周囲にバラまいていた。

「ルゥミィとやら、どうやら俺の大切な仲間に酷《ひど》いことをしてくれたようだな？」

「……は!?　してないし！　アタシが攻撃したのは、お前だッ！　このゴミ人間！」

顔を真っ赤にして怒《いか》りをぶつけてくる魔王軍幹部ルゥミィ。

見た目や言葉《ことば》遣《づか》いから、おそらく少女と呼ぶべき年頃《としごろ》なのだろう。

――――

『対象名――ルゥミィ。魔族の少女。

年齢《ねんれい》――158歳《さい》、人間換算《かんさん》で16歳相当、独身。

得意技《とくいわざ》――業火の宴《フレア・パーティ》。対象の周りに炎の円陣《えんじん》を発生させ、酸素を奪う。また、発生させた煙で対象の内臓にダメージを与《あた》える。炎神の怒り《イフ・アグリート》。対象に向けて放つ、高出力の炎攻撃《ほのおこうげき》

なるほど。やはり少女か。それに、まだ他にも必殺技《ひっさつわざ》があるようだ。

……弱点は何かなーっと。

俺は怒り声をあげるルゥミィをよそに、希望の光《ウィッシング・ユー》を発動させていた。

弱点――氷魔法。物理攻撃。魔術師《ソーサラー》なので肉体的な能力値は低い。対象者ルゥミィは、人間の子供と同程度の水準。

特記――現在の肉体は損傷しており、魔力量が低下している状態。２つある心臓のうち、１つが機能停止している。２つの心臓が同時に停止しない限り、もう１つの心臓は自動再生し生命活動を続ける。現在、停止している心臓の再生準備期間中』

肉体が損傷している？　なんでだろう？

分からないことが多いが、一つだけ確かなことがある。

それは――今が、ルゥミィを倒《たお》す絶好の機会だということだ！

「ルゥミィ。リリウムを虐《しいた》げたこと、炎の中に居ても分かったぜ。リリウムを……俺の仲間を傷つけるやつは、相手が勇者だろうが魔王だろうが許さねぇ！」

「ひッ⁉　そ、そんな凄んでも……別に、ど、どうってことないッ！　アタシの力は、あんなもんじゃないんだッ！　これでも、食《く》らえッッ！　炎神の怒り《イフ・アグリート》‼」

ルゥミィ渾身《こんしん》の炎攻撃が掌から繰《く》り出される。

しかし――

「フンッ‼」

俺《おれ》はルゥミィから飛んできた炎をナイフで振《ふ》り払い、一瞬で周囲に霧散《むさん》させた。

「え……な、なんで……い、いいい意味わからなすぎ……なんで炎を斬れるのよッ⁉」

何度も希望の光《ウイッシング・ユー》を使っていれば、自《おの》ずと能力にも慣れてくる。

ルゥミィが放った炎攻撃は、放出された瞬間から既に『光』が視えていた。

魔力量も低下していることから、攻撃自体の威力も大したことはなかった。

業火の宴《フレア・パーティ》、炎神の怒り《イフ・アグリート》……本来であれば、想像を絶する威力なのだろうが。

「おい、ルゥミィ。住民たちに危害を加えるような真似《まね》はしないと誓《ちか》い、この村を出て行くか…………それとも俺に、その右胸の心臓を貫《つらぬ》かれるか。どちらか選ぶんだな」

『光』は、ルゥミィの右胸でキラキラと輝《かがや》いている。

俺は、ナイフの切っ先の照準をルゥミィの右胸へと向け、宙に突き出す。

ルゥミィは赤く燃えた顔色を一気に青ざめさせ、わなわなと身体《からだ》を震わせ始めた。

決死の攻撃を簡単に退けられてしまったことから、ルゥミィの戦闘《せんとう》意欲は削《そ》がれ、戦う気力を完全に失ってしまっているようだった。

「……そ、それは……あ、あのッ………ア、アタシを、殺さないで……見逃《みのが》して……くれる……ってこと……？」

「ああ。お前にも事情はあるんだろう？　レピシアの情報を収集するくらいなら、俺は何も文句は言わない。だがな！　人間を傷つけたり殺そうとしたりしたら、俺は容赦《ようしゃ》しないぞ」

俺は、これでもか！　という圧力を魔族の少女に掛ける。

人間に迷惑《めいわく》が掛からないよう、警告はしておかなければならない。

「ハ、ハイッ！　アタシ、な、なにもしません！　この村の近くには二度と来ませんし、二度と人間を傷つけるようなことはしません！　ハイ！」

竦《すく》み上がり、唇《くちびる》を震わせながら答えるルゥミィ。

「リリウムも、それでいいか？」

「ん？　ウィッシュが見逃すっていうなら、私は別に構わないわよ。まぁー、こいつも急に幹部に仕立てられて調子に乗っちゃったんでしょ～ね」

「…………ってか、なんでセンパイは、こんな人間の村に…………サボりをドワイネル爺《ジジイ》にチクってやろうかな……ぶつぶつ」

「べつにチクってもいいわよ？　私、魔王軍なんて辞《や》めちゃったからねー」

「はぁ⁉　辞めた⁉　……っていうか、よく見るとセンパイ……耳が……ッ！　えっ⁉な、なんですか！　その人間のような耳は⁉」

「あら？　今更《いまさら》気づいたの？」

「ど、どうなってんのッ⁉　これ……マジで上に報告しなきゃならない案件じゃ⁉」

「リリウムのことを魔王軍に報告したら、俺も黙ってないぞ？」

再度、俺はルゥミィに圧を掛ける。これ以上、魔王軍に目を付けられるのは御免《ごめん》だ。

「しません！　報告しませんから！　そ、それじゃあ、アタシは消えるんで！」

ルゥミィは背を向けて一目散に逃げていった。

こうしてアークに、いつもの日常が戻ったのだった。

「……ところで、ルゥミィが言ってた大爆発やら大吹雪の件だけど」

「は？　そんなの起きるわけないじゃないのよー。あいつの勘違《かんちが》いっていうか、魔王軍の調査不足でしょ。はぁ～、私が辞めて調査精度が落ちちゃったのねぇ～、きっと」

なんだか偉《えら》そうに語るリリウム。

そんな能天気なリリウムとは逆に、俺には一つの記憶《きおく》が蘇《よみがえ》り始めていた。

大爆発には覚えがないが、大吹雪のほうは……もしかすると……。

以前、リリウムが平原に向けて放った、深淵の氷吹雪《リリウム・ブリザード》とかいう大魔法《だいまほう》のことでは……？

俺は背筋に氷水を浴びたような冷たさを感じた。

◇◆◇◆◇◆◇◆◇◆◇◆

ヤバい。

ヤバいヤバいヤバいヤバい…………アイツはヤバすぎるッッッ!!

このルゥミィ様《アタシ》の攻撃が全く通用しないなんて……。

「化け物か！　あのウィッシュとかいう人間！」

あの田舎村《いなか》から逃げること数刻――

アタシは、先程戦った人間のことを考えていた。

「あんな屈辱《くつじょく》は生まれて初めてだ…………クソッ!!」

約１６０年のアタシの活動において、命の危険を感じたのは初めてのことだった。

いや……正確には二度目だったか。

一度目は意味不明なまま起きたので、実質的にはこれが最初の経験だ。

「……どっちも、あの田舎村の付近なんだよな…………マジで、あそこはヤバいッ！」

残された一つの心臓が激しく鼓動《こどう》する。

それにしても……あのウィッシュという人間。

見た目は、ただの冴《さ》えない人間だ。使用していた武器だって、なんの変哲《へんてつ》もない普通《ふつう》のナイフ一本。それなのに――

アタシは負けた。

心臓が一つ活動停止していて魔力が低下していたとはいえ、ここまで自分のプライドを傷つけられたのは初めてだ！

「人間………魔界《ヘラ》の学校で教わったとおり、とんでもないヤツらだ……ッ!!」

アタシは人間と直接話すのも戦闘するのも、あのウィッシュというヤツが初めてだった。

あんな田舎で暮らしているようなヤツでさえ、あの強さなんだ。

「――深淵なる銀氷《アビス・アイス》でさえ、あの人間には勝てないかも……」

いや！　アイツは……あの女は無能の役立たずだッ！　魔界《ヘラ》に居た時にアタシが憧《あこが》れていたアイツは、もう消えてしまったんだッ！

あの最強の氷雪系使いは、もう居ない。アタシの中で既に死んでしまっている。

だから、今の抜《ぬ》け殻《がら》のようなポンコツ姿は、見ているだけで腹が立ってくる。

アレが、アタシの憧れの女魔族だとは思いたくない。

アイツに憧れて魔王軍に参加した自分が馬鹿らしく思えてくるからだ。

「でも……マジで、なんでセンパイ、あの村に居たんだ？」

落ちぶれたとはいえ、あの深淵なる銀氷《アビス・アイス》リリウムが大人しく人間に従うだろうか？

しかし、センパイがヤツの軍門に下ったと考えると……。

——ま、まさか!?

「あのウィッシュとかいう人間……もしかして、勇者なんじゃないか!?」

きっと、そうだ！　ヤツが勇者だとすれば、全てに説明がつく！

アタシが敗北を喫《きっ》したのも、リリウムセンパイが従っているのも、ヤツが勇者だからだ！

勇者が相手であれば、アタシが負けたのも仕方ないと言える。本来、魔王が相手にするような敵だ。それこそ『格』が違《ちが》う。

「………センパイ……もしかして捕虜《ほりょ》として強制的に従わされているのか？　……って、そうかッ！　だから、あの人間に耳の形を変えられてしまっていたんだッ」

自分好みの女にして従わせる。魔族の男も、よくやる手法だ。

右胸の鼓動が少しだけ速くなるのを感じる。

……別にセンパイのことなんか、どうでもいい。

どうでもいいんだ。

「——あんな化け物みたいな敵と戦うのなんか、こっちから願い下げだッ」

でも、センパイとウィッシュという人間のことがアタシの頭から離《はな》れない。

ウィッシュ………ヤツのことを考えると、なぜかアタシの胸が激しく波打つのだ。

きっと、恐怖心《きょうふしん》が収まっていない証拠《しょうこ》だ。そうに違いない。

自分より強い男に惹《ひ》かれる魔族の女は多いけど、アタシはそんな軽薄《けいはく》な女じゃないし！

でも——

「ヤツが勇者なら………魔王軍としては監視《かんし》しておく必要がある……よねッ」

魔竜フォルニスよりも勇者ウィッシュのほうが危険度は高いはず！

あるかどうか分からない脅威《きょうい》よりも、目の前に確かに存在する脅威。

アタシは自分で自分を説得し、あの田舎村へ引き返すことにした。

最重要危険人物ウィッシュを監視するために——

◇◆◇◆◇◆◇◆◇◆◇◆

ルゥミィを撃退《げきたい》した後、俺はアークの住民を村へ戻《もど》した。

「来客した魔族さんは、どのような用件だったのですか？」

ノアが訊《たず》ねてくる。

「え、えっと……その～、道に迷ったみたいで……」

「そうだったのですか」

「リリィみたいな魔族だねっ。えへへっ」

「ミル〜？　なんか言ったかしら？」

「なにも言ってないもぉ〜ん」

「待てぇー！　この食いしん坊女神《ぼうめがみ》〜！」

逃げるミルフィナと追いかけるリリウム。

いつものアークの日常の光景だ。

「……でも、本当に良かったです。魔族の方が来たという一報を聞いた時は、戦闘になってしまったらどうしようと心配しましたが……平和的に済んで良かったですっ」

安堵《あんど》の笑《え》みを浮《う》かべるノア。

ノアやアークの人たちに無駄な心配をかけたくない。

俺とリリウムは、ルゥミィとの一件は伏《ふ》せておくことにした。

「今日は新素材が完成した嬉《うれ》しい日だからな。もう一回仕切り直して、宴《うたげ》を始めようぜ！」

俺の掛け声を合図に、アークの住民たちが歓喜《かんき》の声をあげる。

炎の宴は、もう懲《こ》り懲《ご》りだけど！

四章　商人の国（前編）―再会と再会―

発泡《はっぽう》スチロール完成から1ヶ月後――

俺たちは新たな食材庫を完成させていた。

レピシア版の強化発泡スチロールを断熱材として使用した、特別製の食材庫である。

今日は早朝から、俺とノア、リリウムの三人で食材庫内の氷の状況を確認しに来ていた。

「これで、リリウムの水やりは必要なくなるのかな……」

水やり――水の魔素の活性化作業――があるせいで、リリウムはアークを長期間離れられずにいる。これは、パーティーメンバーとしてもアークのリーダーとしても、早急《さっきゅう》に改善すべき問題だった。

行動の制限など、誰《だれ》に対しても絶対に課してはならない。

「――うん、……大丈夫《だいじょうぶ》そうよ！　水の魔素ちゃんたち、昨日と同じ活動量だわ！　魔素量も全然減ってないし、氷の中で快適に過ごしてるわ！」

水の魔素をペットのような扱《あつか》いで説明するリリウム。

「食材も問題なく冷えてますね。庫内の温度も、しっかりと保たれているようです」

「ありがとう、リリウム、ノア。これで、とうとう本物のレイゾウコの完成だッ！」

……いや、本物とは違うかもしれない。でも、機能的には近いモノが出来たはず！

リリウムとノアも喜んでいるようだが……、

「くしゅんっ！　うぅうううぅ～、ざむいよぅ……早く出よーっと……」

相変わらず寒いのが苦手なリリウムだった。

強化発泡スチロールの性能を確認し終えた俺たちは、家へ帰ることに——

帰宅後、さっそく朝食の支度《したく》を始めるノア。

ノアは俺たちへ、それぞれ別のお茶を用意する。

俺は『煎茶《せんちゃ》』、リリウムは『玄米茶《げんまいちゃ》』、ミルフィナは『抹茶《まっちゃ》』。

長く一緒《いっしょ》に暮らしていると、みんなの好きな味も段々と分かってくる。

「ノアお姉ちゃん、ありがとぉ♪　ごくごくっ………おいしぃ♪」

ミルフィナは基本的に何でも食べるし、何でも飲む。その中でも、味の濃《こ》いものが特に好きみたいだ。最近ではカレーが大のお気に入りらしい。

「……ん～、良い香《かお》り」

リリウムは、味というよりも香りを楽しむ傾向《けいこう》にある。ただ、リリウムもミルフィナと同様、ノアの料理は全般的《ぜんぱんてき》に口に合っているようだ。

「ふぅ……落ち着くな、我《わ》が家《や》は」

もちろん、俺もノアの用意してくれたものは全部好きだ！

「ジジイ臭《くさ》いわよ、ウィッシュ」

リリウムにツッコまれてしまったが、食に関して、俺たちパーティーは好みに多少の違いはあれど、問題なく生活を送れている。

それは、間違《まちが》いなくノアのおかげだ。

調理技術の凄《すご》さだけでなく、みんなへの細かな気遣《きづか》いや愛情を注いでくれていることが、ノアの料理からは伝わってくるのだ。

——しかし、ノアの席に置かれた『ほうじ茶』を見て、ふと考えてしまう。

ノアの好きなもの……好きな食べ物は、なんなのだろうか？

ノアは、いつも俺たちの好物ばかりを優先させて料理を作ってくれる。

だから、俺はノアの好きな食べ物について何も知らなかった。

「みなさん、お待たせしました」

もの思いに耽《ふけ》っていると、ノアが朝食を運んできてくれた。

「ノア、ありがと……う…………って⁉　これは……⁉」

俺は、ノアが食卓《しょくたく》に持ってきてくれた『あるモノ』を見て、驚《おどろ》きを隠《かく》せなかった。

「え？　なんで『コレ』が食卓に並ぶの⁉　まさか……食べられるの⁉」

リリウムも俺と同じ表情を浮かべて驚いている。

「わぁー！　やっぱりノアお姉ちゃん凄いっ！　ワタシが前に食べた時はね、すっごくマズかったんだぁ……。でも！　ちゃんと食べられるようにしてくれたんだね！」

ミルフィナがキラキラした目で見つめる『ソレ』。

――俺たちが作製に成功した、『強化発泡スチロール』に間違いなかった。

四角形の箱形で、ミルフィナの小さな手にも収まるくらいの大きさだ。箱といっても底は深くない。また、蓋《ふた》と思《おぼ》しきモノも付いていることから、これは……。

「なるほど。料理を入れる容器として使ったのか。さすがだな、ノア。さっそく、新素材を実用化するなんて」

「いえいえ！　ウィッシュさんこそ、凄い洞察力《どうさつりょく》ですっ」

まぁ、発泡スチロールの性能や役割を考えると、こういう使い方も想像できる。

「わぁ♪　この中に食べ物が入ってるんだねっ！　すごーい！　ワタシが一番に開けちゃうもんねぇ！」

なんでも最初にやりたがろうとするミルフィナ。お子様だから仕方ない。

「待ちなさい、ミル！　私が一番に中身を確認《かくにん》するんだからねっ！」

「張り合うな張り合うなっ」

元魔王なのに威厳《いげん》を微塵《みじん》も感じさせないリリウム。ある意味凄い。

俺は、我先にと発泡スチロールの小さな容器を開けるミルフィナとリリウムを、親目線で温かく見守る。

「…………あ、あれぇ？　……なんか、この食べ物…………………くちゃい」

蓋を開けたミルフィナが鼻をつまんで言った。珍《めずら》しく顔を顰《しか》めている。

ん？　くちゃい？　臭《くさ》い？

「……私の勘違いかしらね……なんだか……腐《くさ》ったような香りがするんだけど……」

一方のリリウムも怪訝《けげん》そうな表情を浮かべ、中身の料理の匂《にお》いを確かめている。

俺も二人に続いて、容器の中を確認すると、

「う、うわ⁉　マジで、なんか臭《にお》ってくる……？　ノ、ノア？　これは……一体？」

異世界の料理なら、前回のカレーにも衝撃《しょうげき》を受けてしまった。しかし、今回の料理は間違いなくカレーを超えている。少なくとも、臭いの衝撃度《しょうげきど》に関しては……。

「ふふっ。やっぱり、そういう反応なんですね。これは、私の生まれ育った国の食べ物で、

『納豆《なっとう》』と言います」

ナットウ……不思議な響《ひび》きだ。

見た目的には豆料理に思える。この豆は……大豆かな？

大豆が容器に敷《し》き詰《つ》められており、白い糸のようなものでくっつき合っている。

……しかし、問題は見た目じゃない。室内にも漂《ただよ》い始める『臭い』だ。

「ナットウ⁉ よ、よぉ～し！　臭いなんかに負けるかぁ～、ワタシが一番に食べちゃうもぉ～ん！」

ミルフィナはフォークで大豆を掬《すく》い、自分の口へ運ぶ。

「ど、どうだ？」

一応、俺も訊ねてみるが、ミルフィナの答えは想像できる。

なんでも美味《おい》しく食べる、お子様女神《めがみ》だからな。この『納豆』も気に入るだろう。

ところが……、

「…………ノ、ノアお姉ちゃあああああんっ！　うわあああぁ～ん！　これ、ワタシ、食べられないよおおおぉ！」

ミルフィナは途中《とちゅう》で咀嚼《そしゃく》するのを止《や》め、ノアに泣きついてしまった。

ミルフィナは、用意してくれたノアに「ごめん、ごめんっ」と謝《あやま》っている。

「あらあら、ミルちゃんっ。納豆だけで食べてしまったのですね。これは、ご飯と一緒に混ぜて食べるものなんですよ」

ノアは優《やさ》しく応《こた》え、ミルフィナの口元をハンカチで拭《ぬぐ》った。

「…………え？　あれ？　これ、臭いは強烈《きょうれつ》だけど、味は美味しいわよ？　っていうか、めちゃくちゃ美味しいわよっ!!」

一方、ミルフィナとは対照的に、リリウムは納豆を絶賛していた。

その後——

結局、ご飯と混ぜても納豆を食べられなかったミルフィナに対し、納豆だけを美味しそうに食べ続けたリリウム。

味覚に関しては、まだまだ俺も仲間のことを分かっていなかったようである。

「…………～♪」

しかし、納豆を食べている時のノアの幸せそうな表情を俺は見逃さなかった。

「ノア、納豆好きなんだな？」

「…………あっ。……えっと……はい……。発泡スチロールが完成したら、なんだか作りたくなってしまって…………すみません、私の好きな食べ物だったもので……」

ノアは居《い》心地《ごこち》の悪そうな表情で答える。

「全然問題ないぞ！　むしろ、今後は、どんどんノアの好きな物を作ってくれ！　いいや、俺たちも一緒に作らせてくれ！　この納豆とかもなっ」

そう言って、俺は納豆ご飯を口に放《ほう》り込《こ》んでみせた。

「あ、ありがとうございます、ウィッシュさんっ」

「ノアの好きなもの、好きなこと、感じてること。遠慮《えんりょ》せずに俺たちに教えてくれよな？」

「………………はい」

ノアは照れたように笑い、小さな声で応えてくれた。

朝食後――

アークのリーダーとして、俺は今後の活動目標を仲間と話し合うことにした。

素材の開発成功に浮かれているだけではダメだ。レピシアでやりたいこと、やらなきゃならないことは一杯《いっぱい》あるんだ。それを仲間に伝えるための話し合いである。

「みんなの頑張《がんば》りで、目標を一つ達成することができた。アークの食料事情は良くなっているし、今後のことも心配ないと思う」

「うんうん！」

ミルフィナが元気よく相槌《あいづち》を打ってくる。

納豆の臭《にお》いダメージからは回復しているようだ。

「……でも、レピシアの他の国や街、それに、今も旅をしている冒険者《ぼうけんしゃ》たちの『食』に関しては何も解決していない。アークにも旅の冒険者が立ち寄っていくことが増えたけど、世界的に見たら、まだまだ辺境の村という状態を抜け出せていない」

「アークは今のままじゃダメなの？　ウィッシュはアークをどうしたいのよ？」

「俺はアークを、もっと豊かな村にしたいんだ！　……いいや、村じゃない、街にしたい！　国や土地を追われた人も喜んで受け入れるし、生まれや性別、種族なんかも関係ない！　そんな者たちが、笑顔《えがお》で、幸せに、暮らせる街だ！」

「今も割と幸せに暮らしてるんじゃない？　アークの人たち。もちろん、私もだけど」

「そうだな、アークの人たちの笑顔は見ていて嬉しいし、俺も日々幸せを実感してるよ。でも……それは、今アークに暮らしている人たちだろ？」

「……ええ、そうですね。ウィッシュさんの仰《おつしや》るとおりです」

ノアは俺の気持ちを察してくれているようだ。

「どういうことぉ？　ウィッシュ兄《にい》～？」

口調は能天気そうだが、表情は真剣《しんけん》なミルフィナ。

「この世界《レピシア》には、自分の居場所がない人たちが大勢いるんだ。そして、その人たちに手を差し伸《の》べようとする者も、残念ながら居ない。それでも行き場を探している人は、まだいい。いずれ自分に適した場所を見つけることができるかもしれないから」

「…………はい」

ノアが小さく頷《うなず》いた。

差別的な扱いを受けていたアストリオンを抜け出し、この村へ辿《たど》り着いたノア。

ノアは自分で行動を起こしたから、今、この村に居るんだ。

「……でも、世界のどこにも自分の居場所はないんだって、諦《あきら》めてしまっている人も居て

……そんな人たちに、アークっていう素晴《すば》らしい場所があるよ、って知らせてあげたいんだ。だけど、今のアークは、簡単に訪《おとず》れることができない環境下《かんきょうか》にある。ここに来られるのは戦闘に長《た》けた冒険者や長距離《ちょうきょり》の旅に慣れた者だけだ」

冒険者以外でアークを訪れた者は、どこぞの偉そうな役人と魔王《まおう》軍幹部のルゥミィと

……ニーベール共和国にある商人ギルド本部のお偉いさんだけだ。

「なるほど！　ウィッシュの言いたいことが分かったわ。アークをレピシア中に宣伝して、世界中の困っている人たちを呼び込んで、一緒に村を盛り上げよう！　ってことね？」

「そういうことだ！」

なんか簡単に言われてしまったが、これは一筋縄《ひとすじなわ》ではいかない大きな目標だと自覚して

いる。それこそ、未知の素材を作るよりも困難を極《きわ》めるだろう。

希望の光《ウイッシング・ユー》だって、役に立たないかもしれない。

「魔族《まぞく》も仲間に入れてくれるなんて、懐《ふところ》の深いリーダーだわ！　ふふっ」

「みんなが幸せになるの、ワタシも賛成♪」

「そうですね。こうして私たちが笑っている間も、世界のどこかでは泣いている人たちが居て……それを思うと、私も何かしなくちゃ、何かしたい、って思いますっ！」

ノアは力強く言った。


――希望の光なんて必要ない。

俺にとっては、この仲間こそ『希望』であり『光』なんだ。

俺は仲間たちとの深い信頼を身に染《し》みて感じていた。

「ありがとう、みんな！　それで、今後のパーティーの活動についてなんだけど……」

「ウィッシュの世界征服《せいふく》に向けての次なる一手、ってことね」

「全然違うわ！　……ご、ごほん、気を取り直して…………えっとさ、俺はこの発泡スチロールを他の国に売り込みに行きたいんだ」

俺は発泡スチロール板を翳《かざ》して見せた。

「リングダラム王国に、ですか？　首都アストリオンはアークから比較的《ひかくてき》近い街ですので、交易相手としては適しているかもしれませんね」

「いや、売り込みに行く相手は、ニーベール共和国………商人の国だ！」

「遠すぎでしょ!?　どうやって行くの………って、そっか、フォルニスに乗っていけば、すぐに着くのか……」

「ああ。フォルニスには悪いが、ちょっと飛んでもらおう」

「でもさ、ウィッシュ兄、なんでニーベール……きょーわこく？　なの？」

ミルフィナは知らない国名に首を傾《かし》げている。

「レピシアで新たな文化を広めるには、まず、ニーベール共和国で認められる必要があるんだ。ニーベールで認知《にんち》されて、『良い物』だと認定《にんてい》されたら、腕利《うでき》きの商人たちが世界中に広めてくれるのさ。拡散力と営業力は世界一だからな！」

まぁ、自分たちが利益を出すために、ではあるのだけど。

逆に言えば、世界一の商人たちが必死になって商品を売ってくれるわけだから、認められれば、これ以上の強い味方はいない。

一介《いっかい》の商人がチマチマと色々な街で売り込むよりも、遥《はる》かに効率的だ。

「この素材が世界中に広まれば、みなさんの食料事情も改善しますね！」

「ああ！　世界を豊かに便利にしようぜ！」

「「「おー！」」」

ノア、リリウム、ミルフィナは、揃《そろ》って応えてくれた。

そして、この時――

俺はクーラーボックスなる箱の実験も、同時に終えていたのだった。


翌日――

ニーベール共和国へ旅立つため、俺たちは追憶《フォルニウム》の樹海に来ていた。

「いつも悪いな、フォルニス」

「フハハハハッ！　永い間生きてきたが、このオレ様を移動手段に使うなんて、ウィッシュたちが初めてだぜぇ？」

フォルニスは巨体《きょたい》を揺《ゆ》らしながら、豪快《ごうかい》に笑う。

「フォルニス、あんたも樹海に引きこもってばっかじゃ身体に悪いでしょ。気晴らしの運動だと思って、サササッとニーベール共和国まで飛びなさいよ」

「このヤロー………っと？　オンナだったか？　まぁ、どうでもいいか！　調子の良いこと言ってると、オメーだけ空から振り落と――」

「ほらほらっ、はやくはやくっ。ウィッシュもリリィも、はやく背中に乗りなよぉ～」

「あっ⁉　この神ヤロー……じゃなかった、神オンナめッ！　いつの間に、オレ様の背中に乗りやがった⁉　……ったく、油断も隙《すき》もねぇーヤツらだぜ」

魔竜《まりゅう》フォルニスも子供には敵《かな》わないみたいだな。

「じゃあ、フォルニス！　ニーベール共和国まで、頼《たの》んだぞ！」

俺は持っていた『箱』を抱《かか》えながらフォルニスに乗り、声をかけた。

「おう！　任せろ！　飛ばすから、しっかりと背中の鱗《うろこ》にしがみついてろよッ！」

こうして、俺たちは商人の国、ニーベール共和国へと飛んだ。文字どおりに。

◇◆◇◆◇◆◇◆◇◆◇◆

――な、なんだッ⁉　あのデッカいドラゴンはッッッ⁉

それにアタシの聞き間違いだろうか⁉

あ、あの勇者ウィッシュとリリウムセンパイが、『フォルニス』と呼んでいたような気がするんだけど……。

この魔王軍幹部ルゥミィ様は、勇者ウィッシュに敗れて以来、1ヶ月以上ヤツらの生活と行動を遠くから監視していた。

この1ヶ月、ヤツらの行動に全然変わったところは無かった。むしろ、代《か》わり映《ば》えしない日常を送りすぎていて、それが逆に不自然なくらいだった。

建物を造ったと思ったら、畑を耕して……そしたら、また意味不明な箱を作ったりと……ヤツらは、完全にアタシの理解を超《こ》えた生活を送っていたのだ。

監視して分かったことと言えば……。

「リリウムセンパイ……めっちゃ楽しんで生活してんだよなッ！　ったく、なんなんだ！」

センパイは、伸び伸びと田舎暮らしを満喫《まんきつ》しているように見えた。いや、間違いなく、完全に、自由を謳歌《おうか》してやがった!!

……こっちは、超《ちょう》ヤバい危険人物を監視してるってのに。なんで、その危険人物と仲良く暮らしてんだよッ!?　あぁ～腹立つッ！

「心配して損し…………ししてない！　してないしてない！　アタシがアイツを心配するわけないし！　なにを寝《ね》ぼけたことを考えていたんだ、アタシは！」

勇者ウィッシュに敗北して以降、アタシは自分でも自覚できるくらい精神に不調をきたしていた。

勇者ウィッシュたちを……いや、ウィッシュを監視していると、なぜか、胸の鼓動が高鳴りをあげてくるのだ。

左の心臓は未《いま》だ再生の途中。しかし、元気に活動している右胸の心臓が、トクンットクンッと危険信号を送る合図のように、アタシに知らせてくるのだ。

これは、アタシの知らない内に、戦闘中なんらかの幻惑魔法《げんわくまほう》を受けていた可能性が高い。

「あの男はマジでヤバい…………なんとかして、弱点を見つけたいんだけど……」

……ここにきて、あのドラゴンだ。

き、きききっと聞き間違いだっ…………精神攻撃《こうげき》を受けているせいで、きききききっと、幻聴《げんちょう》を聞かされたんだ。う、うん、そうに違いないッッ！

フォルニスなわけないって……きゃはははっ。

「って！　ここ追憶の樹海《フォルニウム》だし！　あのドラゴン、絶対に魔竜フォルニスじゃんッ！」

アタシは飛んでいく黒竜《こくりゅう》を遠くから眺《なが》めながら、叫《さけ》んでいた。

そして、抑《おさ》えられない胸の鼓動に促《うなが》されるように、魔王軍が独自に設置した空間移動門《ポータル・ゲート》へと歩みを進めた。

――ニーベール共和国に繋《つな》がる門《ゲート》へと。

◇◆◇◆◇◆◇◆◇◆◇◆

フォルニスに乗って空を翔《か》けること1日と半。

俺《おれ》たちは、途中の山で仮眠《かみん》のための休憩《きゅうけい》を取りながらニーベール共和国を目指し――首都ルーヴィッチ近くの山岳《さんがく》地帯に辿り着いていた。

「ありがとうな、フォルニス。徒歩の旅なら10日以上かかる道のりが、あっという間だ。それに、魔物《まもの》に襲《おそ》われる危険も殆《ほとん》どなかったから、安心してニーベールまで来ることができたよ」

「おう！　オレ様にとっちゃ、なんてことない距離《きょり》だからな！　散歩みたいなもんだ！」

「本当にニーベール共和国まで来ちゃったのねぇ。……あそこが首都のルーヴィッチかぁ！　なんだか大きな街ね！」

山の中腹から首都ルーヴィッチの街並みを確認するリリウム。

「アストリオンよりも広いからな。街に入ったら迷子にならないように気をつけろよ」

「なによ、ウィッシュ。まるでルーヴィッチに来たことがあるような言い方ね？」

「ん？　あるけど？」

「え⁉　そうだったの⁉　じゃあ安心ね！」

「ワタシ、美味しいものが食べられるところに行きたいっ！」

「いやいや、観光に来たわけでも遊びに来たわけでもないからな……」

商人の仕事の関係で一度来たことがあるだけだが、ルーヴィッチの街は本当に色々なモノで溢《あふ》れているし、店も多い。

ただ、その分、目利《めき》きが出来ないと大変な目に遭《あ》う街でもある。

商人の国と言われるだけあって、商売に命を懸《か》けている人たちが集まっているのだ。

「……フォルニスさんは…………今回も、お留守番なのでしょうか？」

ノアが寂《さび》しそうな顔で訊ねてくる。

「そうだな…………さすがにフォルニスが街に入ったら、大変な騒《さわ》ぎになっちゃうからな

……悪いけど、ここで隠れて待っていてもらうことになる……ごめん、フォルニス」

「だから、気にすんなって！　オレ様はオレ様で時間を潰《つぶ》してるからよ！」

いくら時間の感覚が俺たち人間と違うからといって、自分だけ一緒に行動できないのは、やはり寂しさもあると思う。なんか、フォルニス強がっているようにも見えるし……。

「ワタシに、お父様みたいな力があれば良かったんだけど……」

「お父様って……レピス神か。レピス神なら、住民を混乱させることなくフォルニスを街に入れられるのか？」

「うん。えっとね……人間以外の生き物を、見た目だけ人型化させられるんだっ。お父様だけじゃない。他の神々は、みんな出来るの……神としての基本中の基本の能力だから……」

ミルフィナは、しょんぼりと項垂《うなだ》れてしまった。

「凄い能力だわ……その能力を魔族が悪用したら、色々と大変なことになるだろうけど」

「人間世界に紛《まぎ》れ込んで、中からレピシア侵攻《しんこう》を推《お》し進《すす》めるとかか？　でも、それなら、既《すで》に紛れ込んでるヤツが居るけどな」

「そんなヤツ居るの⁉　危険じゃないのよ⁉」

「お前のことだぞ……リリウムよ……」

「……あっ、そっか。確かに私も魔族だったわ。あの変な薬を飲まされて人間みたいな耳になっちゃったんだった」

自分のアイデンティティを忘れないでほしい。

「って！　そうか！　あの薬、レピス教会の修道士が作ったもので、『魔』を打ち払《はら》う効果があるって言われてたんだけど、ミルフィナの言う人型化に近いものだったんだな！」

「？」

当のミルフィナ自身は、よく分かんないといった様子で首を傾げている。

「じゃあ、あの薬をフォルニスが飲めば、耳が人間みたいになるの？」

「いや、どうだろう……っていうか、耳だけ人間になっても意味ないだろ⁉　見た目的には逆に怖《こわ》いわ！」

「まぁ、なんかよく分からんが……オレ様のことはマジで大丈夫だぜ？　お前らで楽しんでこいって！」

自分のことで仲間に迷惑《めいわく》を掛《か》けたくないといった様子のフォルニス。

そんなフォルニスの言葉を聞いたノアが、

「……ミルちゃん？　私たちと一緒に生活してから、ミルちゃんは凄く成長していると思います。他の神様とミルちゃんとの間に、どのくらいの差があるのかは私には分かりません。でも、ミルちゃんは私たちにとって、凄い凄ーい女神様なんですよ？　自信もってくださいねっ」

そう言って、ミルフィナを両腕《りょううで》で包《つつ》み込み、後ろ頭を優しく撫《な》でた。

「ノアお姉ちゃん………ありがとぅ……」

「そうだぞ、ミルフィナ！　ミルフィナはスゲー女神なんだ！　基本中の基本の神様パワーなら、実はもう使えるんじゃないか⁉　他の神様たちは栄養素を摂《と》ったりはしないんだろ？　ミルフィナは、こっち《レピシア》でめちゃくちゃ力を蓄《たくわ》えてきたじゃんか！」

そう！　めちゃくちゃ食べてきたじゃん！

「そ、そっか……もしかしたら、ワタシ……人型化させられるのかなっ⁉」

「試《ため》してみようぜ！　試すだけならノーリスクだしな！　商人で基本中の基本能力って言ったら『値切り』なんだけど、あれだって試すだけなら簡単だし、成功した時のリターンはデカいんだぜ？」

「急に凄く現実的な能力の話が出てきて、ウィッシュが普通《ふつう》の人間だってことを改めて思い知らされたわ……。なんだか最近、ちょっと化け物染みてたからね……」

リリウムが俺に苦笑いを向けると……、

「じゃあフォルニスゥ～！　いっくよぉーーーー‼　えいっ！　えいっ、えいっ！」

ミルフィナがフォルニスに両手を翳して、なにやら掛け声を発し始めた。

大きな黒竜に「えいっ、えいっ」と、頑張って何かのチカラを送るミルフィナの姿は、なんだか微笑《ほほえ》ましい。本人は至って真剣なんだろうけど。

「おいおい？　なんかスゲーこと始めやがったけど、大丈夫か⁉　ブッ倒《たお》れんなよ⁉」

口調は荒《あら》いが、フォルニスはミルフィナのことを気にかけているようだ。

ってか、あのミルフィナの可愛《かわい》らしい動き、やっぱりスゲーことしてたんだな……。子供がジャレて遊んでいるだけじゃなかったんだ……当たり前だけど。

「ミルちゃんっ、頑張ってくださいっ！」

ノアが両の手を拳《こぶし》にして、力強く応援《おうえん》する。

そうこうしていると――

なにやらフォルニスの身体《からだ》が光を放ち始め……。

「お、お、おおぉぉおおおおおぉぉぉ!? マジか！ こいつぁ、スゲーぜッ!!」

フォルニスの大きな身体が徐々《じょじょ》に小さくなっていく。

なんと！ 俺たちは見る見るうちに縮んでいき――

フォルニスは見る見るうちに縮んでいき――

なんと！　俺たちと大差ないくらいの大きさにまで身体が変化してしまった！

ただ小さくなっただけではない。

「……フォ、フォ、フォ、フォルニス……ああああんた!!」

俺たちの目の前に姿を現したフォルニスは、完全に人間と同じ見た目になっていた。

――これが神々の能力……人型化。

まさに人智《じんち》を超越《ちょうえつ》したチカラだ。

リリウムが驚くのも無理はない。だって――

「フォルニス！　お前、女だったのかあああああああああああ⁉」

目の前に現れた人間は『女性』だったのだから。

背丈《せたけ》は俺以上に高いが、腰《こし》付近にまで伸びた美しいストレートの黒髪《くろかみ》。そして、身体の色々な部分………そう、色々な部分が『女』だったのだ。

「あぁん？　おいおい！　まさかオメーら、オレ様のこと男だと思ってたのかぁ⁉　どぉ見ても女だったろッ！」

話し方は竜の時と変わらない。でも、声も完全に女だ。

……言われてみると、フォルニスの雄叫《おたけ》び、高音だったんだけどさ……いや、でも、まさか女性だったなんて……。このパーティー組んでから、一番の衝撃だよ！

「フォルニス、あんた、私たちのこと男か女か分かってなかったみたいだけど、いっちばん分かりづらいの、間違いなく！　あんたよ⁉」

フォルニスは俺たちの性別を判別できていなかったが、俺たちもフォルニスの性別を分かっていなかった。異種族のこと、自分の基準で考えちゃダメってことだ。

改めて、俺は学びを得た。

「すみません、フォルニスさん……私も今まで殿方《とのがた》だとばかり……。でも、ミルちゃん、本当に凄いですっ。まさか、本当にフォルニスさんを人型化させてしまうなんて。やっぱり、ミルちゃんは凄い女神様なんですよっ。ふふふっ」

「えへへっ！　なんか、できちゃった！　これもワタシがレピシアで努力してきた成果だね～！　ノアお姉ちゃん、ありがとう！」

屈託《くったく》なく笑うミルフィナ。

努力か……すっげぇ食ってきたってことなんだよな…………ははは。

複雑な笑みを零《こぼ》してしまった俺だが、今は早急に解決しなければならない問題が発生しているのだった。

「フォルニスの服、買ってこなくちゃッ!!」

フォルニスは完全に裸《はだか》だった。

さっきから目のやり場に困ってるの、男の俺だけなんだよな……。

「はぁ？　なんだぁ、ウィッシュ？　そんなもん、オレ様には必要ねぇぞ！　このままの姿でルーヴィッチとやらに入らせてもらう！」

「んなわけいくかぁ！　竜の姿で入るくらい、住民に驚かれるわっ！」

異種族の価値観に理解を示すのは良いことだが、人間社会の基準を知ってもらうのも大切だろう。っていうか、頼むから服だけは着てほしい。俺が困るから。

そうして、俺とノアが先にルーヴィッチに入り、フォルニスの服を買いに行ったのだった。


——数時間後。

山腹に戻《もど》った俺たちは、ノアに選んで貰《もら》った服をフォルニスに着せ、いよいよパーティー全員でルーヴィッチの街へ入ることに。

「ったく、なんか変な感じがするぜ……なんで人間は、こんな鱗触《うろこざわ》りが悪いもん身に着けてんだ⁉　って、今のオレ様、鱗なかったわ……フハハハハッ！」

歩きながら、フォルニスは服に文句を言っている。

デザインに不満があるわけではないだろう。服文化そのものに文句を言っているようだ。

服自体は、ノアが「フォルニスさんには男性物が似合いそう」と言ったので、男用である。

っていうか、体格的に男性用しか無理そうだったからな……。

「そうそうフォルニス～。一個だけ注意してほしいんだけど、人型の状態では竜の時のような強いチカラは使えないからねっ」

ミルフィナが説明する。

「あぁぁ、どうりで身体に力が入らねぇのか」

「まぁ、フォルニスくらいのチカラがあれば、人型化自体は簡単に解除できちゃうと思うけどね〜。でも！　人間さんの街の中に居る時は、そのままの状態で居てねっ」

「おう！　ちょっと窮屈《きゅうくつ》な感じがするが、まぁいい。問題ねぇ！」

「よし！　それじゃあ、みんなでニーベール共和国の首都ルーヴィッチに入るぞ！」

「おう！　まぁ、服とか色々メンドクセーことはあるけど、オレ様も初めての人間の街、楽しみだぜッ！　ありがとうな………オメーら！」

恥《は》ずかしそうに言うフォルニス。

俺たちは、フォルニスと笑い合いながらルーヴィッチの大門を通り抜《ぬ》けた。

◇◆◇◆◇◆◇◆◇◆◇◆

「あれはウィッシュ!?　え!?　なに!?　もうルーヴィッチに到着《とうちゃく》してるの!?」

アタシは、ルーヴィッチの大門をくぐり抜けるウィッシュたちの姿を、離《はな》れた後ろ側から捕捉《ほそく》していた。

空間移動門《ポータル・ゲート》のおかげで、ウィッシュたちよりも早くニーベール共和国に到着できたと思ったんだけど、どうやら向こうのほうが早かったみたいだ……。

「……ってか、なんか出発時よりもパーティー人数、増えてない⁉　フォルニスはどこかに置いてきたとして……あの身長の高い女は誰《だれ》よッ⁉」

まぁ、アタシの魔力《まりょく》感知にも引っかからないってことは、戦闘《せんとう》能力的には大したことはない。

……って、待ちなさいアタシ！　魔力の大小で判断して痛い目に遭ったのを忘れたの⁉

あの勇者ウィッシュ戦でアタシは悟《さと》ったんだ。魔力が小さくても、強いヤツは強い！

この世界《レビシア》では魔界《ヘラ》の戦闘常識が一切《いっさい》通じないんだ。

「それにしても……賑《にぎ》やかな街ね……」

街の通りには所狭《ところせま》しと露店《ろてん》が並び、大きな掛け声が周囲に響いている。

行《ゆ》き交《か》う人間も多く、気を抜くとウィッシュたちを見失ってしまいそうになる。

魔力のないウィッシュたち相手に、魔力感知を使用しての尾行《びこう》は無理だ。アタシの存在がバレる危険性はあるけど、少し離れたところから目視で観察する必要がある。

まぁ、バレることはないだろうけど！　この街の人間たちにもねッ！

「このルゥミィ様お手製のフードを被《かぶ》っていれば、誰もアタシが魔族だとは気づくまい！

キャハハハハハッ‼」

アタシの可愛い角と魔族特有の尖《とが》った耳。これさえ隠せれば、問題なく人間の街にも忍《しの》

び込めるってもんよっ。簡単簡単〜♪

「ママー、あそこに変なこと言ってる女がいるー！」

「こ、こらっ、見ちゃいけませんっ。魔族ごっこをやってるんだから、そっとしておきなさいっ。い、いくわよっ」

「ふーん、変なの！」

人間の親子は、ヤバい奴《やつ》を見るかのような視線をアタシに送り、去っていった。

「…………………」

……………これは、魔王軍幹部としての崇高《すうこう》な任務なのだ。

勇者ウィッシュの存在は、必ず魔族に多大な影響《えいきょう》を及《およ》ぼすことになる。アタシの独断で始めた監視《かんし》だけど、それだけウィッシュという人間には不思議なモノを感じるのだ。

これは、魔王軍、ひいては魔族全体に関《かか》わってくる重要な任務なんだ。

「……だ、だから、アタシは変じゃないんだーーーーッ!!」

アタシは誰にも気づかれないよう、ただ忍び、ただひたすらに、目標の監視を続ける。

◇◆◇◆◇◆◇◆◇◆◇◆

──ニーベール共和国。

レピシアの国々には、それぞれモチーフにしているものがあり、戦士の国リングダラムは月、商人の国ニーベールは天秤《てんびん》である。

さきほど俺たちが通った大門にも、大きな天秤のレリーフが刻《きざ》み込まれていた。

街を守るために設置されているボルヴァーンにも、同様の飾《かざ》りが彫《ほ》り込まれている。

「ボ、ボルヴァーン……やっぱり、ここにもあるのね……ごくり」

天敵であるボルヴァーンを見て、リリウムは生唾《なまつば》を飲《の》み込んだ。

小さな街には配備されていないが、首都クラスの大都市には当然ある。

「魔族だとバレたら、あれに一発でやられるからな。気をつけろよー」

「……うぐっ。き、気をつけるわ……」

「でも、アストリオンと比べると、なんだか和《なご》やかな雰囲気《ふんいき》ですよね、この街」

ノアがルーヴィッチの街を見渡《みわた》して言った。

「そうだな。アストリオンと違《ちが》って戦闘クラスの人間は少ないからな。商人とか、観光で来てる人たちが多いんだよ。まぁ、別の意味での殺気なら、あちこちで漂ってるけど」

通りに並んだ露店では、他の店よりも多く売るために、店主が声を張り上げて商品をアピールしている。商売人としての競争心を剝《む》き出しにして。

「ねぇねぇ！　ウィッシュ兄《にい》！　あそこのパン、美味しそうだよぉ!!」

「ダメだぞ、ミルフィナ。俺たちは遊びに来たわけじゃないんだ。目的が済むまでは我慢《がまん》しような？」

「う〜〜〜、……………………わかったぁ」

「ミルちゃん？　ウィッシュさんの目的が終わったら、いっぱい食べましょうねっ」

「うんっ!!」

……お金《ルピ》、余ってるかな。さっきフォルニスの服を買ってしまったせいで、予算が大幅《おおはば》に減っちゃってるんだよなぁ……。まぁ……ミルフィナには黙《だま》っておこう。

「それにしても活気があるわねぇ。ニーベール共和国の人って、なんか生き生きしてるように感じるわ」

街を歩きながらリリウムが言った。

ニーベールは共和国の名が示すとおり共和制を布《し》いている国家で、君主が存在しない。

主権は国民にあり、国民間の自由な商取引が盛んな国なのだ。

昔は王政であり、その時代の名残《なごり》を街中で発見することができる。

ある建物は、1階部分の窓が小さく、増築したと思われる2階部分の窓が大きくなっている。これは窓の大きさに応じて税金が掛けられていたからだ。2階は王政が廃止《はいし》された後、増築したのだろう。

昔は、こうしてあらゆるところから税を徴収《ちょうしゅう》していたらしい。

そうした重税に異を唱え、反旗を掲《かか》げて王政を倒したのが英雄《えいゆう》ルーヴィッチであり、今では国の首都の名前にもなっている。街の広場に屹立《きつりつ》しているルーヴィッチ像は幸運を、その視線の先にある階段の一段一段は努力を表しているのだという。

時代の流れを感じながら、その『努力の階段』を上り終えると……、

「んん？　なんだぁ、ここ？　この建物だけスゲーデカいなッ！　まるでオレ様みたいだぜ！」

人型化して縮んでいるフォルニスが、目の前の巨大《きょだい》な建物を見て声をあげた。

俺たちの前に現れた厳《おごそ》かな建物――

ここが目的の場所、商人ギルド本部だ。

昔の王宮を改築して建てられた商人ギルド本部は、アストリオンの街にあった支部とは比べ物にならないほどの存在感と崇高さが滲《にじ》み出ている。

「ねぇ、ウィッシュ？　あいつ、放っておいて大丈夫《だいじょうぶ》なの？」

俺がギルド本部の入り口へ足を進めようとした時、リリウムが耳元で囁《ささや》いてきた。

「……リリウムも気づいてたのか」

「そりゃ、まぁ……目立つ変装だし。魔力感知を使うまでもなくバレバレよっ」

『努力の階段』下で猫耳《ねこみみ》フードを目深《まぶか》に被って、ソワソワしている様子の女の子。

周りから浮《う》きまくっているその姿は、意識せずとも自然と目がいってしまう。

「まぁ……放っておいても大丈夫だろう。不思議と敵意も殺意も全然感じないからさ。それに、なんか俺個人を見ているような気もするし」

「ふ〜ん？　まぁいいわ。こっちは私に任せて、ウィッシュはお仕事頑張ってね、ふふ♪」

リリウムの謎《なぞ》の笑《え》みが気になったが、俺はノアにお金を預け、単身で商人ギルド本部に足を踏《ふ》み入れた。


商人ギルド本部は、内装も華《はな》やかだった。

さすがは元王宮というだけあって、飾られた彫刻品《ちょうこくひん》や絵画など、どれも一級品であることが一発で分かる。受付もアストリオンの支部とは違い、凄《すご》く広い。

受付には、何十、いや何百人もの商人たちが並んでおり、賑わっている。

「お客様、こちらで受付予約を致《いた》します。商人手形を拝見させて頂いても宜《よろ》しいでしょうか？」

ギルド本部に入って早々、女性ギルド員の方が声を掛けてきた。

「はい、どうぞ」

俺はギルド員さんへ身分証明書ともいえる手形を差し出す。

……受付予約……か。

ギルド本部で依頼《いらい》を請《う》け負《お》うことができるのは、選ばれし商人だけである。

商人なら誰でも仕事を紹介《しょうかい》してもらえるわけではなく、実績のある一流商人だけが受付することが許されるのだ。あの長い行列に並んでいる商人たちは、既に予約を完了《かんりょう》させた者たちであり、審査《しんさ》をクリアした者たち、ということである。

そして、審査に落ちた商人は、どうなるのかというと――

「――確認致《かくにんいた》しました。それでは商人ウィッシュ様、本日より起算して１６８３日後の15時40分から、３分間の予約をお取りできます。宜しいでしょうか？」

こうなる。

宜しいわけがない。そんな先の日程を押さえられても困るだけだ。

まぁ、Dランク商人の俺の扱《あつか》いは、こんなもんだろう。悲しいけど。

「すみません。えっと……実は俺、この方に会いに来たんですけど」

俺はウエストバッグから１枚の羊皮紙を取り出し、ギルド員さんに手渡《てわた》した。

「……？　…………こ、これは……特別紹介状《しょうかいじょう》!?　しかも、副ギルド長の署名捺印《なついん》まで

「………た、たた大変失礼致しました！　すぐに係の者をお呼び致します！」

ギルド員さんは慌《あわ》てた様子で奥《おく》の部屋に飛んでいってしまった。

気持ちは分かる。こんなDランク商人が、ギルド本部のお偉《えら》いさんと繋がりがあるなんて思いもしないだろう。俺も実感ないし。

その後、待ち時間もなく、すぐに別のギルド員の方が俺のもとへやってきた。

豪奢《ごうしゃ》な服装などから、ギルド本部の幹部クラスの方だと思われる。

「ウィッシュ様ですね？　ご案内致しますので、こちらへどうぞ」

そうして、俺は言われるがまま、係の方に付いていった。

案内されたのは、建物の最上階の一室。

王宮時代であれば、王様と謁見《えっけん》するような『玉座の間』にあたる部屋。俺は、その部屋に招き入れられた。

「………………おや？」

入室するや、部屋の奥から男性の声が飛んできた。

「失礼します、ギルバート副長。ウィッシュ様がお見えになりましたので、こちらへ案内致しました」

「おおおおぉ！　これはこれはウィッシュさん！」

ギルバート副長――以前、アークのレイゾウコを視察に来た商人ギルドのお偉いさんだ。

あの時は熟練の冒険者《ぼうけんしゃ》という装いだったが、今の副長様は貴族の商人のような風貌《ふうぼう》をしている。

ギルバート副長は仕事の手を止め、俺のほうへ歩み寄ってきた。

「お久しぶりです。副長様」

「いやいや、そんな堅苦《かたくる》しい呼び方は止《や》めてください。私のことは、どうぞギルバートとお呼びください」

「ありがとうございます。こうして、ギルバートさんに再びお会いできたことを嬉《うれ》しく思います。今日は連絡《れんらく》なしの突然《とつぜん》の訪問、誠《まこと》に申し訳ございません」

「いえいえ全然大丈夫ですよ！　こちらこそ感謝申し上げます。遠路遥々《はるばる》よく来てくださいました」

歓迎《かんげい》しますよ、と言ってギルバートさんは右手を差し出してきた。

俺も応《こた》え、再会の固い握手《あくしゅ》を交わした。

係の者が部屋を退出した後――

俺はギルバートさんに訪問の理由を説明した。新素材の開発に成功したこと、また、その素材の効果によって、さらにレイゾウコが使いやすくなったこと等々。

「――なるほど。これが、その発泡《はっぽう》？　スチロールという素材なのですね。なにやら不思議な手触《てざわ》りがしますが……」

ギルバートさんは白い板状の素材を入念に調べている。

柔軟性《じゅうなんせい》が高く、強度も優《すぐ》れている強化発泡スチロール。ギルバートさんは曲げたり叩《たた》いたりして、俺の話の真偽《しんぎ》を確かめているようだ。

「どうでしょうか？」

「………ふむ。確かに、耐久性《たいきゅうせい》に優れた素材であることは確認《かくにん》できました。しかし、ウィッシュさんのお話に出てきた耐熱性《たいねつせい》や防熱効果は、この場では確認しようがありませんね。この素材の真の魅力《みりょく》は、まさに『そこ』だと思いますが」

単なる補強材ならレピシアにも既に存在している。この発泡スチロールがレピシアにもたらす新たな価値とは、ギルバートさんの言うとおり耐熱性の高さ……熱遮断《しゃだん》だ。

「実は……今日ギルバートさんにお会いしに来たのは、その新素材を使った画期的なモノをお見せするためなんです」

「なんと！　既に、この素材を使用した商品を開発されていたのですか！」

「はい。こちらが、その商品です！　名前は……クーラー……ボックスです！」

俺は持参した『箱』をテーブルに置き、両手を広げて仰々《ぎょうぎょう》しく紹介した。

これを売り込むために俺たちはルーヴィッチまで来たのだ。まずは興味を持ってもらう必要がある。この『箱』を世界に普及《ふきゅう》したいと思ってもらえるかどうか……。

ここが商人としての俺の腕《うで》の見せ所だ。

「おぉ⁉　箱を開けた途端《とたん》、中から冷気が出てきましたよ！　っと、こ、これは？　……なるほど……外部の熱を完全に遮断するために、蓋《ふた》である天板も含《ふく》めて、全《すべ》ての内素材に発泡スチロールを使用しているのですね」

さすがはギルバートさん。一目見ただけで、どんなモノか把握《はあく》してしまったようだ。

「あっ、中に入っているトマト、良かったら食べてみてください。実は仲間と一緒《いっしょ》に畑で作ってまして。美味《おい》しいですよ？」

俺がそう言うと、ギルバートさんは箱の中に入っていたトマトを手に取り、不思議そうな表情を浮かべた。

発泡スチロール、クーラーボックスときて、次はトマトの宣伝である。ギルバートさんは困惑《こんわく》した様子で、言われるがままトマトを一口食べた。

「おぉ、確かに美味しいですね。ルーヴィッチで売ってるトマトよりも味が濃《こ》くて、甘味《あまみ》と酸味が程良いバランスで舌に伝わってきます。さすがはバルデ地方の豊かな土壌《どじょう》が育《はぐく》んだ野菜、といったところでしょうか。新鮮《しんせん》で瑞々《みずみず》しいです」

シャリシャリッと、ギルバートさんは二口三口続けてトマトを口にする。

トマトの味を褒《ほ》めてもらったことは嬉しいが、俺の目的はそこじゃない。

「そのトマト、2週間前に収穫《しゅうかく》したものなんですけど、お口に合ったみたいで良かったです」

「え!? 2週間前!? あ、あのっ、このトマト、採れたてではないのですか!? ……って、それはそうですよね……ウィッシュさんの村からルーヴィッチまで10日は掛かりますもんね……採れたてのはずがないです。でも…………この新鮮さは……?」

実際には1日半で到着したのだが、トマトを収穫したのは間違《まちが》いなく2週間前である。

クーラーボックスの性能を確認するために、何度も実験を重ねたのだ。

完成したクーラーボックスは、ノアが言うとおりの凄い代物《しろもの》だった。ノア曰《いわ》く、元の世界のモノと比べて性能が向上しているとのことで、お墨付《すみつ》きをもらっている。

「収穫したばかりのトマトだと思ってしまいますよね。俺も最初はそう思いました」

「……なるほど。このトマトが2週間経《た》っても新鮮な状態を保っているのは、クーラーボックスの力のおかげなんですね」

俺が売り込みたいのはトマトではなく、あくまでもクーラーボックスなのだ。

「そうです！　それと、冷温を保つために、保冷剤《ほれいざい》という小袋《こぶくろ》も使っています。この袋です」

「中は……氷ですね」

「はい、普通の氷です」

「この氷自体も発泡スチロールの効果で溶《と》けにくくなっているというわけですか。蓋さえ閉じておけば、ずっと冷温状態にしておけそうですね。これは凄い……！」

稀少《きしょう》だが、レピシアにも氷自体は存在する。ただ、温暖化の影響で、すぐに溶けてしまうという問題があり、現状では生活に役立てるための利用には至っていない。

俺が用意した氷入りの保冷剤は、リリウムの特製氷を元に作られている。リリウムに頼《たの》んで、小さな氷を分けて作ってもらったのだ。言わば、急ごしらえの試作品。

「氷を用意できるなら、野菜や果物でも2週間は持ちます。保冷剤なしだと3日～5日といったところですね」

「これはもう、簡易レイゾウコじゃないですか！　レイゾウコを直接拝見してから、私も運用方法を色々と考えていたのですが、どうやら、これが最適解のようですね！」

ギルバートさんが先程《さきほど》まで仕事をしていた机。そこには、なにやらレイゾウコに関する計画書やら運用方法などが書かれた紙が置かれている。

俺の知らないところでも、結構大きな事業として計画されていたようだ。

「持ち運びできるので、冒険者たちの胃袋《いぶくろ》の安全も守れますよ。なにより、商人にとって大きな商機が訪《おとず》れるかもしれません」

「——商機。このトマトのこと……ですね？　いえ、正確に申し上げるなら、地域の特産物の輸出入ですね⁉」

「はい。それで——」

「内陸部の都市に海産物を運んだり、高地で栽培《さいばい》した果物などを低地の都市へ売りに行ったり……あぁ！　これは夢が広がりますね！　さっそく手続きに」

ギルバートさんは興奮気味に書類を机から取り出した。

「あ、あの……それで、この商品の実用化と技術提供についてなんですが」

「あ……すみません！　つい興奮して、お伝えするのを忘れてしまいました。こちらのクーラーボックスの運用につきましては、商人ギルドが全面的に協力致しますよ！　もちろん、ウィッシュさんには所定の金額を上回る報酬《ほうしゅう》を提示させていただきます。こちらの金額で、いかがでしょう？」

ギルバートさんが書類に書いて提示してきた数字。

——今までに見たこともない桁《けた》の金額だった。

俺たちパーティーが、アストリオンで一生遊んで暮らせるような金額だ。

「大変魅力的《みりょくてき》な条件ですが、俺からは別のことをお願いしたいのです」

「別のこと？　報酬金額の上乗せ交渉《こうしょう》なら、多少はできますが……」

凄いな……取引にシビアな商人ギルド本部が、簡単に金額交渉を受け付けるとは。

それだけ俺を……クーラーボックスの性能を認めてくれているという証拠《しょうこ》だ。

「いえ、金額面のことではありません。俺からお願いしたいのは、この商品を商人ギルドに独占的《どくせんてき》に卸《おろ》す代わりに、ルーヴィッチと俺たちの村――アークを結ぶ『交易路』を整備してもらいたいんです」

これが俺の最大の目的だった。

今は閉ざされた陸の孤島《ことう》状態のアーク。来訪するには、追憶の樹海《フォルニウム》を迂回《うかい》する困難な道を通らなければならない。途中《とちゅう》で水や食料を補給できる場所もなく、村に辿《たど》り着ける外部の人間は熟練の冒険者、もしくは、追憶の樹海《フォルニウム》を突《つ》っ切るような命知らずだけだ。

「交易路、ですか……」

明るい表情が一転。ギルバートさんの顔が少し険しくなる。

「現在、アストリオンとルーヴィッチを結ぶ道《ルート》は確立されています。旅の冒険者や行商人なんかも多く行き交っていますよね。でも、アークのような辺境の土地にある村や町は、大都市間の交流に参加することができず、その存在すら人々に認知《にんち》されていないのです」

実際、俺《おれ》もザッケン村――現在のアークのことは何一つ知らなかったし、聞いたこともなかった。商人として各地を飛び回ってきた俺でも知らなかったのだ。

レイゾウコのおかげで多少知名度は上昇《じょうしょう》したと思うが、それも冒険者や商人ギルドなどの限られた人間の間でだけだ。冒険者以外の人間の耳に入ることはない。

「ウィッシュさんの意図……目的は分かりました。ですが、ルーヴィッチとウィッシュさんの村の間には、あの追憶の樹海《フォルニウム》が立ち塞《ふさ》がっているのですよ？　道の整備に回せる資金を捻出《ねんしゅつ》できても、樹海に棲息《せいそく》する魔物《まもの》を討伐《とうばつ》するのは難しいかと……それに、あそこの樹海は、謎の魔法《まほう》のような術が施《ほどこ》されていて、近寄ることも避《さ》けたほうがよい場所だと思います」

「追憶の樹海《フォルニウム》の件については大丈夫です。あそこは俺たちアークの住民が整備するんで、ギルバートさんには樹海の手前までの道をお願いしたいのです」

「え!?　ウィッシュさんは追憶の樹海《フォルニウム》が怖くないのですか!?　一度足を踏み入れたら最期《さいご》、二度と外に戻れないと言われている魔《ま》の樹海なのですよ!?」

「ははは、それは迷信《めいしん》ですよ。今は普通に出入りできる穏《おだ》やかな森です」

フォルニスに頼めば、樹海内に棲息する魔物たちを大人しくさせてくれるしな。

「そうですか。それなら当ギルドは大丈夫ですが……と申しますか、その条件なら、こちらから是非《ぜひ》お願いしたいくらいですよ！」

「ありがとうございます！」

「諸々《もろもろ》の手続きは……ギルド長の承認《しょうにん》を得てから正式に進めてまいりましょう。一応、こちらのクーラーボックスの性能の裏付けもさせていただきたいので、少々お時間を頂戴《ちょうだい》する形となりますが、宜しいでしょうか？」

「もちろん大丈夫です。このクーラーボックスは試作品なので差し上げます。……ところで、ギルド長のほうの承認は問題なさそうですかね？」

気にはなっていたのだが、ギルバートさんは副長であり商人ギルド本部の長ではない。

しかし、この部屋は建物の最上階にあり、トップの人間が居るような場所である。

ギルド長は何処《どこ》に……？

「それに関しても問題ありませんよ。ギルド長はニーベール共和国の首相《しゅしょう》を兼任《けんにん》しておりまして、国益を何よりも優先されるお方ですから。このクーラーボックスと、ウィッシュさんの村との交流は間違いなく我《わ》が国民にとっての利益です。安全な道《ルート》を確保できれば、この美味しいトマトも食べられるようになりますしねっ」

そう言って、ギルバートさんは残っていたトマトを口に放《ほう》り込んだ。

ギルドの長が国のトップとは……この国での商人ギルドの権力が絶大なわけである。

「これから宜しくお願いします」

俺は再びギルバートさんと握手をし、交渉を終えた。

大量のお金《ルピ》を土産《みやげ》代わりに貰って——

ギルバートさん曰く、手付金のようなもの、らしいが……。まだ正式契約《けいやく》じゃないのに、この待遇《たいぐう》。俺は商人として、ちょっと面食らってしまった。


商談を終え商人ギルド本部を出た時には、お昼になっていた。

「あっ、ウィッシュさん、お帰りなさいませ」

俺を出迎《でむか》えてくれたのはノア。

……っていうか、ノアしか居なかった。

「お待たせ、ノア。他のメンバーはどうしたのかな？」

いや〜な予感がする……。

「フォルニスさんは街をブラブラすると仰《おつしや》って、どこかへ行ってしまいました。リリウムさんは買い物に行ってます。ミルちゃんは、あそこのパン屋さんでパンを食べてますよ」

ノアの指差した先の店では、ミルフィナが幸せそうにパンにかぶりついていた。

女神《めがみ》としての成長だからな。……うん、成長に繋《つな》がる食欲だから問題ない。

「フォルニスはともかく、リリウムの買い物が気になる」

リリウムが俺をギルドに送り出す際に見せた謎の笑み。

絶対に良からぬことを考えている顔だった。

「話をすれば……リリウムさん、戻ってきましたよっ」

「……リリウム、機嫌《きげん》良さそうだな。なんか良いことあったのかな」

俺たちのもとへ歩いてくるリリウムの顔は、嬉しさからか頬《ほお》が緩《ゆる》んでいた。

「たっだいまぁー!!　商人ギルドとの商談はどうだった？　上手《うま》くいった？」

「ああ。希望どおりの条件で取引することができた。これから俺たちも忙《いそが》しくなるぞ！」

「やったじゃない、ウィッシュ！　一応、商人としての実力もあるみたいね？　今まで、ただのケチケチ商人だと思ってたわ」

やはりそう思われていたか……。俺としては戦闘よりも、こっちが本職なのだが。

「さすがはウィッシュさんです。私たちもウィッシュさんの指示のもと、アークを盛り上げていきましょうっ！」

ノアの言葉に俺たちは全員が頷《うなず》き、気持ちを一つにした。

……しかし、俺には気になる点があった。

「ところで、リリウム。その腕輪は何だ？」

「へ⁉　まさか、いきなりバレた⁉」

『努力の階段』下で未《いま》だに俺を監視しているあいつといい、魔族は他人からの視線を気にしないのだろうか……。そんな派手な腕輪、普通《ふつう》すぐに気づく。

「どこで、いくらで買ったか教えるんだ」

「ん～？　あそこの裏通りにあった露店だけど？　たしか～1万ルピだったかな～」

「1万ルピだとおおおおお⁉　お、おおおいっ、すぐに返品しに行くぞッッ‼」

成人男性の10日分の食費じゃねぇか！

「なによ、ウィッシュのケチッ～！　たまには羽目を外して買い物したっていいじゃないっ。日々の農作業のご褒美《ほうび》ってことでね！」

「……う、うぐっ」

そう言われると、俺も言い返せない。

リリウムたちは毎日頑張《がんば》って働いているのだ。確かに、ご褒美は必要かもしれない。

「ごめんなさい、ウィッシュさん。リリウムさんにルピをお渡《わた》ししたのは私です。だから、私にも責任があります。その分、明日からまた頑張って働くので、許してもらえないでしょうか？」

ノアが頭を下げて謝罪してきた。

「いや！　全然問題ない！　それに、ノアが謝《あやま》る必要も全然ない！　ちょっと意外な高額品だったから、俺も驚《おどろ》いちゃっただけだ」

「ウィッシュはノアには甘《あま》いんだからっ。…………二人は、お揃《そろ》いの指輪なんか着けちゃってるくせにさっ……ぶつぶつ」

小声でボヤくリリウム。

「リリウムさん、もしかして……ウィッシュさんからのプレゼントが欲《ほ》しくて――」

「な、なに言ってるの、ノア!?　ち、違うわよ!?　私はノアとウィッシュの仲は素敵《すてき》だなあ～って思ってるし！　応援《おうえん》もしてるし！　その……あれよ、あれ！」

なんの応援だろう？　真っ赤な顔をして反論するリリウムは、なんか不自然だ。

俺はリリウムの様子が気になったので、腕輪に向けて希望の光《ウィッシング・ユー》を発動させてみた。

『対象物名、デモンズブレスレット。呪法により悪魔《あくま》の呪《のろ》いが付与《ふよ》された腕輪。装着すると、装備者の精神が悪魔に浸蝕《しんしょく》される。呪いの効果――悪魔の影響で、潜在化《せんざいか》していた装備者の本音が顕在化《けんざいか》する。効果は解呪《かいじゅ》魔法をかけられない限り続き、装備解除もできない。肉体を害する効果はない』

呪いだって⁉　おいおい、これは予想外の一大事だぞ⁉

「リ、リリウムさんっ、落ち着いてくださいっ。私のことは大丈夫ですから……っ」

「ご、ごめん！　そ、そうね……なんかガラにもなく熱くなっちゃったわ……ははははは」

熱いのはリリウムまんまなんだが、狼狽《ろうばい》する姿は『らしく』ない。

間違いなく、これは呪いにかけられている。

「おい！　リリウム、その腕輪を買った露店まで案内してくれ！」

「え⁉　なんでよ⁉　返品しなくていいんじゃないの⁉」

「いいから、教えてくれ！　大事なことなんだ！」

「な、なによ……もうっ。ウィッシュのケチ！　アホ！　寝相《ねぞう》悪い男！」

なんと言われようが、こんな呪いの腕輪を売るような商人、放っておけない。それに、リリウムの呪いも解かなくてはならない。今のリリウムは本音ダダ漏《も》れ状態なのだ。

ってか……俺って寝相悪かったのか……。

俺たちはリリウムからの情報をもとに、件《くだん》の露店へと向かった。

……ミルフィナは……しばらくパンを食べさせておけば平気だろう。

ルーヴィッチの大通りから外れた小さな裏道。そこを抜けた、さらに先の薄暗《うすぐら》い道——大きな建物の陰に隠《かく》れるように、ひっそりと鎮座《ちんざ》する一つの露店があった。

リリウムが俺を見て、渋々《しぶしぶ》といった様子で小さく頷く。

あれが問題の『呪いの露店』で間違いない。

「あの、すみません。こちらの店で扱っている商品について、お訊《たず》ねしたいことがあるのですが」

俺は店先に立って、店主に声を掛けた。

「……はぁ……なんでしょうか…………って……あ、あ、あ」

若い女性の声が返ってきた。

店主は、魔法使《まほうつか》いが着用するようなトンガリ帽子《ぼうし》を被り、口元に黒いスカーフを着けている。その風貌は、商人というよりも占い師《うらなし》に近い。

俺を見て、なにやら吃驚《びっくり》しているようだが。

「俺の仲間が、こちらの店で腕輪を買ったんですけど、どうやら呪いが付与されているみたいなんですよ。ですので、返品と解呪費用の請求《せいきゅう》をしにまいりました」

呪いなどはレピス教会の司祭《プリースト》や聖職者に依頼すれば、すぐに解呪できる。

しかし、それにも寄付という名の費用が掛かるのだ。

俺は別にルピをケチっているわけではない。腕輪の呪いについて、店主が知らなかったのなら問題はない。問題は、知っていて販売《はんばい》した場合だ。

「………………」

店主の女性は俺を見たまま動かない。口も固く閉ざしてしまっている。

再度、俺が訊ねようとすると——

「呪いについて、お困りですか？　もし宜しかったら、私が御相談《ごそうだん》に乗りますよ？」

突然、後ろから別の女性に声を掛けられた。

女性は聖女のようなベールを頭に被り、聖職者と思《おぼ》しき白い服を着ている。その手には、身丈《みたけ》ほどもあろうかという杖《つえ》が携《たずさ》えられており、外見的には、まさに賢者《けんじゃ》である。

ってというか……、

「ノエルじゃないか⁉　え⁉　ノエルだよな⁉」

声を掛けてきた女性は、俺の元パーティーメンバーの賢者ノエルに間違いなかった。

「え⁉　ウィッ…………ご、ごほんっ……ひ、人違《ひとちが》いですっ」

女性は咄嗟《とっさ》に自分の顔をベールで隠して答えた。

元とはいえ、仲間だった人物だ。俺が忘れるわけない！

「その顔と声は賢者ノエルだろ⁉　俺だよ、俺！　勇者レヴァンのパーティーで一緒に活動していた商人のウィッシュだ！　忘れちまったのか？」

「…………さ、さぁ……私は存じ上げませんが……」

居心地《いごこち》悪そうに、その場を離れようとする賢者ノエル。

呪いの腕輪を売る店主と、突如《とつじょ》、呪いの解呪をしようと現れた賢者ノエル。

……なるほどな。ということは、

「いいのか、ノエル？　パルが不安そうな顔でお前を見ているぞ？」

怪《あや》し気《げ》な格好の店主は魔法使いパルだろう。

スカーフ越《ご》しでも、なんとなくパルの雰囲気が出てるしな。

「……ア、アタシは別に不安がってはいない」

「パ、パル⁉　ウィッシュにバレてしまいますよッ」

とっくにバレてんだって。

「ウィッシュさん？　この方たちは本当にお知り合いの人物なのですか？」

ノアが不思議そうな顔をして訊ねてきた。

「ああ。間違いない」

「っていうか、ウィッシュ⁉　さっき、呪いがどうとか言ってたわよね⁉　なに？　まさか、この腕輪、呪いがかけられてるの⁉」

腕輪を見て、震《ふる》え出すリリウム。

「そうだ。そんで、おそらく呪いをかけたのは店主のパルで、その呪いの解呪役が賢者ノエル……そこの逃《に》げようとしてる女だ」

「……ッ‼」

ノエルは引きつった顔で俺たちを見回す。

「ウィッシュさんの元パーティーメンバーの方たちなんですよね？　どうして、そんなことを？」

「理由は分からない。……でも、目的は金稼《かせ》ぎだろうな。法外な値段でインチキな腕輪を売りつけて、さらに呪いの解呪費用まで巻き上げようって寸法だ」

腕輪を購入《こうにゅう》した人が呪いについて訊《き》きに来たら、ノエルが解呪を担当する。もちろん、所定のお金を取って。なんともアコギな商売である。

新たな魔法を独自に編み出し、魔術《まじゅつ》として体系化する魔術師《ソーサラー》に対し、魔法使《マジシャン》いは既存《きそん》の魔法を習得することに特化したクラスだ。

腕輪自体の製作者は別の人間だったが、店主が凄腕《すごうで》の魔法使いであることを知っている俺からしたら、誰《だれ》が呪いをかけたのか簡単に特定できてしまう。

ノエルたちの反応を待っていると、リリウムが魔法使いパルに文句をぶつけ始めた。

「ちょっと、あんた！　この腕輪、金運と健康運と勉強運と仕事運と…………恋愛運《れんあいうん》が上がる幸運の腕輪だって言ってたじゃない！　嘘《うそ》だったの⁉」

なんという運の特盛！　う～ん、胡散臭《うさんくさ》すぎる！

幸運の腕輪っていうか強欲《ごうよく》の腕輪だな。買うほうも買うほうだけど……。

「ふんっ。そんなの、真面目《まじめ》に信じるほうが愚《おろ》かなのですよ」

パルではなく賢者ノエルがリリウムに答えた。

リリウムは「ぐぬぬ……」という声を漏らし、悔《くや》しがっている。

「なぁノエル？　久しぶりに会ったら、随分《ずいぶん》と性格が変わっちまったみたいだな？　こんな悪どい行為《こうい》、ノエルは最も嫌悪《けんお》していただろ？」

勇者パーティーで最も清廉潔白《せいれんけっぱく》だった人物が賢者ノエルである。潔癖《けっぺき》すぎる性格で、どんな小さな悪も許さなかった。他人に対して厳しかったが、自分自身にも厳しかった。

「知ったような口をッ――‼　これまで私たちが、どんな目に遭《あ》ってきたと思っているのですか⁉　信じていた勇者レヴァンに振《ふ》り回され、ギルドで受けた依頼は悉《ことごと》く失敗……資金も底を尽《つ》き、気づけばパルと二人で野宿生活…………もう散々ッ‼」

ヒステリックに叫《さけ》ぶノエル。

「それで、ルーヴィッチでこんな商売を始めたのか……」

勇者レヴァンがパーティーを解散させたという情報は得ていたが、まさかノエルとパルが、こんな状況《じょうきょう》に陥《おちい》っていたとはな……。

栄華《えいが》を極《きわ》めた勇者パーティーが一転、どん底生活か。

「……ウィッシュに話しても無駄《むだ》。アタシたちは生きるために必死なの」

魔法使いパルが淡々《たんたん》と述べる。

「そんなことありませんっ。ウィッシュさんなら、お二人の力になれると思います！　ですよね？　ウィッシュさんっ」

「あ……ああ、そうだな！　今の俺ならノエルとパルの力になれるぞ！　実はアークっていう場所があって――」

「私はパル以外の人間のことは信じません！　信じて絶望するくらいなら、最初から信じないほうがいい……信頼《しんらい》など、所詮《しょせん》は綺麗事《きれいごと》の紛《まが》い物《もの》に過ぎないのです！」

信用、信頼。今までノエルが勇者レヴァンに対して抱《いだ》いていた感情だろう。

それが崩《くず》れ落ちた時……拠《よ》り所《どころ》が無くなった時、人は絶望に落ちてしまうのだ。

誰もが、前を向いて新たな道を踏み出せるわけじゃない。

「……同情は不要。文句も受け付けない。大人しく、ここから立ち去って」

ノエルに続き、パルも冷たく言い放った。

「ちょっと!!　こんな呪いの腕輪を売りつけて、文句も受け付けないだって!?　そんなの、この私が黙《だま》ってないわよおおぉ!!」

リリウムの髪《かみ》が銀色に激しく輝《かがや》く。

「呪いは解呪します。解呪したら、とっとと去ってください」

ノエルが大層面倒臭《めんどうくさ》そうに、リリウムの腕に嵌《は》められた腕輪に向けて解呪魔法を唱えた。

……と思ったら、すぐに詠唱《えいしょう》を止《や》めてしまった。

「はぁ!?　なによ!!　呪いを解いてくれるんじゃなかったの!?」

「貴女《あなた》…………呪い、かかってませんよね？」

「へ……？」

リリウムはキョトンとして目を丸くさせている。

「腕輪、外せますよね？　普通に」

ノエルに言われ、リリウムは腕輪を外した。

普通に。

…………呪いの効果で装備解除は不可なんじゃなかったのか!?

そもそも呪いにかかってなかっただと⁉　どういうことだ⁉

「あ、そうだった。私、呪いの類って全然効かないんだったわ……はははははっ」

さすがは魔族！　悪魔の呪いとか、怖《こわ》くもなんともないってね！　むしろ、悪魔とか友達感覚なんじゃないの？

「って！　先に言ってくれぇえええ！」

さっき、呪いの腕輪を見て震えてたよな⁉　怖がったフリだったの⁉

っていうか！　俺のこと、ケチだのアホだの言ってたのも、悪魔のせいじゃなくて全部リリウム自身の言葉だったの⁉

「腕輪は回収します。これで用は済みましたよね？　どうぞ、お引き取りください」

そう告げて、ノエルはパルと一緒に店仕舞《みせじま》いの作業に移った。

俺たちは、これ以上この場に留《とど》まる理由もなかったので、複雑な気持ちを抱《かか》えたまま商人ギルド本部の前まで戻《もど》ることに。

呪いの腕輪――本音が暴《あば》かれてしまう呪い、か。

よくよく考えると、リリウムは普段《ふだん》から本音を直接ぶつけてくる女だ。

人間がよく使う建前とか社交辞令など、ハナから言わない。

……でも、なんでリリウムは、あの腕輪を買ったんだろう……そんなに運気を上げたかったのだろうか。

俺は歩きながら思案する。

そして——

「あああぁ!!　腕輪の代金、返金してもらってねぇええええええ!!」

商人として、やってはいけないミスを犯《おか》していたことに気づいたのだった。

五章　商人の国（中編）―平和な世界―

商談を成功させ、ルーヴィッチでの目的を無事に果たすことができた。

リリウムと呪いの腕輪、そして、魔法使いパル、賢者ノエルとの再会という思わぬ出来事にも遭遇《そうぐう》したが、ここルーヴィッチに滞在《たいざい》する理由はなくなった。

あとは、行方《ゆくえ》不明のフォルニスと、ひたすらパンを食べ続けている食《く》いしん坊女神《ぼうめがみ》様を回収して、アークに戻るだけだ。

「さてと……肝心《かんじん》のフォルニスだが……あいつ、どこほっつき歩いてんだ？」

商人ギルド本部の前で、行き交《か》う人々の群れを観察する。

しかし、フォルニスの姿はどこにも見当たらない。

「フォルニスなんて放っておいて、私たちも遊びに行くわよ！　観光観光～♪」

「リリウム、お前……全然懲《こ》りてないな。ルーヴィッチは基本的に善良な商人が多く、ギルドの監視下《かんしか》で真っ当な商売をしてる店が大半だ。でもな、一方でパルやノエルのように行き場を失くした人間が、なりふり構わずアコギな商売をしてる場所でもあるんだ。気持ちを緩めていると、気づいた時には金が無くなってるぞ」

活気がある街というのは、人も多く集まってくる。そして、その集まってきた人間は全てが善人というわけではない。中には、ギルドの目を盗《ぬす》んで違法《いほう》な商売を始めるケースだってある。観光地の裏の顔は、表とは全然違《ちが》うのだ。

「相変わらずケチ臭《くさ》いこと言ってるわね……」

「アークに戻るにしても観光するにしても、フォルニスさんと合流しなくてはなりませんよね。せっかくパーティー全員が街に居るのですから、観光するのであれば皆《みんな》で楽しみたいですっ」

ノアは口ぶりから、リリウム提案のルーヴィッチ観光に賛成のようである。

……まぁ、ノアの気持ちは分かる。人型化して一緒に行動できるようになったフォルニスが居ないのは、ノアとしては寂《さび》しいのだろう。

「でも、この広い街を捜し回るのは大変だぞ……それこそ、観光してる時間がなくなる」

「ウィッシュ！　今、良いこと言ったわね！」

「へ？」

「観光する『ついでに』フォルニスを捜すのよ！　そうすれば、一石二鳥じゃない！」

「おおー、リリウムさん、それは良い考えですねっ」

ノアが嬉《うれ》しそうにリリウムに同調する。

「いや……フォルニスを捜す『ついでに』観光な？　それなら……まぁいいか」

どうせ、この街のどこかに居るフォルニスを見つけなくてはならないのだ。

フォルニスだって、街の目立つ場所に立ち寄るだろうしな。

「よぉし！　そうと決まれば、二人とも私に付いてきなさいっ。ここからはウィッシュじゃなくて、私がパーティーリーダーよ！」

両手を腰《こし》に当てて、ふんぞり返るリリウム。

「その前にミルフィナをパン屋から引き離《はな》すぞ。あのままパンを食べ続けていたら、さすがに代金がヤバいことになる」

「代金なら大丈夫《だいじょうぶ》ですよ？」

「え？　なんで？」

もしかして、俺が大金を所持していることがバレているのだろうか。

「あそこのパン屋さん、食べ放題のお店なんです」

「た、食べ放題……？　そんなシステムの食事店があるのか⁉」

さすがに俺も知らなかった。店の経営は大丈夫なのだろうか？

商人としては色々と考えてしまうが、ミルフィナにとっては天国のような場所だな。

「あの幸せそうなミルの顔を見なさいよ。あの顔を見て、ミルをパンから引き離そうとできるわけ？　私には無理よ」

……パンに囲まれるの、夢だったって言ってたもんな、ミルフィナ。

夢、叶《かな》ったんだ。

俺はミルフィナをパン屋に放置しておくことに決めた。

幸福そうなミルフィナとは対照的に、パン屋の店員は絶望的な顔をしていたが……。

「じゃあ、フォルニスを捜しに街を散策しに――」

気を取り直してフォルニス捜索《そうさく》を始めようとした時。

俺の視界に、あの猫耳《ねこみみ》フードが飛び込んできた。

商人ギルド本部へと続く『努力の階段』の下。そこの広場に屹立《きつりつ》するルーヴィッチ像前で、猫耳フードを被《かぶ》った少女が人間の少女に何やら詰《つ》め寄られていた。

……おいおい、人間とのトラブルは、さすがに見過ごせないぞ。

「ウィッシュさん？　どうかしましたか？」

「あぁ、ええっと………いや、なんでもない！　それじゃあ、まずは、あそこからだ！」

ノアに不必要な心配をかけたくない。

俺は観光を装って猫耳フードの少女に近づき、様子を確認《かくにん》することに。

「あっ、待ちなさいよ、ウィッシュ！　私が観光リーダーなんだからね⁉」

俺はリリウムに適当な返事をして、『努力の階段』を下りた。

ルーヴィッチ像前に行くと、猫耳フードの少女――ルゥミィが、小柄《こがら》な人間の女の子と話をしていた。

ルゥミィは少女との会話に集中しており、俺たちの接近には気づいていないようだ。

「えーっと……これは、建国に際し多大な功績を残したと言われる英雄《えいゆう》ルーヴィッチの像であり、今では街のシンボルにもなっている。幸運の像とも言われ――」

「そんな説明どおおおぉぉぉぉぉぉぉでもいいわッ‼　こんなオッサン、全然興味ない！」

あ、こらっ！　大声を出すな！　ルゥミィに気づかれるだろうが。

「ふむ……それでルーヴィッチさんの功績について質問なのですが」

「ノア⁉　ウィッシュの話なんか真面目に聞かなくていいからね⁉」

ぎゃーぎゃー騒《さわ》ぐリリウムを無視し、俺はルゥミィと人間の少女の会話に耳を澄《す》ませた。

「ねーねー‼　その猫耳、モモナも着けたーーーい！　貸してよーーーー‼」

「こ、これは、低俗《ていぞく》な人間ごときが装備できる代物じゃないのよッ。わかったら、あっちに行きなさいッ‼」

「やだやだー!!　モモナも猫耳着ける!!　貸してくれるまで、ここに居るもん！」

「こ、このぉ……な、なんでこんなことにぃ……」

――どうやら、ルゥミィが一方的に迫《せま》られているような感じである。

人間の少女に抱きつかれ、身動き取れない状態のルゥミィ。

……完全に懐《なつ》かれてんな、あいつ。

「って、あいつ……なにしてんのよ……」

リリウムもルゥミィのトラブルに気づいたようだ。

「なんか、人間の子供に懐かれちまったようだぜ。どうする？」

「どうする、って言っても……放置、はできないわよね……ルゥミィがキレたら、取り返しが付かないことになるわ」

リリウムからは観光気分の楽観的なムードが消えていた。

「だな。面倒《めんどう》なことになる前に、なんとかするか！」

「はぁ～、せっかくの観光がぁ……」

そして――

俺はルゥミィの目の前に行き、彼女《かのじょ》に声をかける。

「おう、久しぶりだな！　こんなところで何してんだ？　まさか、人間と戦闘《せんとう》……か？」

俺はルゥミィに向けて、わざと陽気な口調で話しかけた。

以前、俺はルゥミィに、「人間を傷つけたり殺そうとしたりしたら容赦《ようしゃ》しない」と忠告したのだ。この言葉を守る気があるかどうかは、ルゥミィの返答で判断できるだろう。

「……ッ!? ウィ、ウィッシュ!? な、なんで、アタシの前に……!? なんという不覚! 接近に気がつかないなんて!」

幼い少女に抱きつかれながら精一杯《せいいっぱい》の気を張るルゥミィ。

傍《はた》から見たら、なんとも滑稽《こっけい》な光景である。

「ほう? その反応、俺がルーヴィッチに居ることを知っていて、この場所に居たんだな? この人間の街に」

人間の街、という単語を強調して言った。

「そ、そ、その……これはつまり……あれよ……観光よ! そう! これはアタシの個人的な観光なの! あんたと会ったのは偶然《ぐうぜん》ッ! 戦闘なんか、全然、これっぽっちもする気なんてないんだからねッ!!」

「ふーん、観光ねぇ? っていうか、その格好………はしゃぎ過ぎでしょ、あんた」

「はしゃぎ過ぎなのはセンパイのほうなんじゃないですかぁ~? あんな腕輪まで買っちゃって! キャハハハッ。あれはウケたッ!」

「なんで、リリウムが腕輪を買ったこと知ってんだ？」

「へ⁉　い、いや～……なんでだろ……お、おかしいな～？　あれ～？」

強がったり日和《ひよ》ったり、忙しいやつだな……。

こいつに監視とか潜入《せんにゅう》とか絶対にやらせちゃダメだろ。魔王軍《まおう》、大丈夫か？

嘘が苦手なのは、ある意味で純粋《じゅんすい》とも取れるけど。

「こちらの方は、ウィッシュさんたちのお友達なのですか？」

黙って俺たちの会話を聞いていたノアが訊ねてきた。

ノアはルゥミィのことを知らないのだ。

「全然まったく１００％違うわよッ。むしろ敵よ、敵」

リリウムの答えに、ノアは困惑《こんわく》してしまっているようだ。

まさか、このルゥミィの正体がアークを訪ねてきた魔族だとは思うまい。

「敵、ではないぞ？　まぁ、こいつ自身が俺たちの敵だって言うのなら……敵だけど」

「敵じゃないッ‼　アタシは、敵じゃないッ‼　アタシは観光で来ただけだしッ‼」

必死な顔で訴《うった》えかけてくるルゥミィ。

「それなら、私たちと目的は一緒《いっしょ》ですねっ。人数は多いほうが楽しいですし、私たちと御一緒しませんか？」

「「……へ？」」

俺、リリウム、ルゥミィは同時に声を発してしまった。

「みんなで観光して、みんなでフォルニスさんを捜しましょうっ」

俺たちの感情など知る由もないノアは、楽しそうに笑っている。

「フォ、フォルニスだって……!?」

おそらく、ノアの提案に一番びっくりしているのはルゥミィだろう。

「それならモモナに任せて！　モモナねー、この街のこと詳《くわ》しいんだよ！　猫さんと一緒に、毎日歩き回ってるの！」

モモナは「えへへ」と得意気に笑った。

「うわー、凄《すご》いですねっ！　モモナちゃんに街を案内してもらいましょうよっ。私たちの新たな観光リーダーですよ？」

「猫耳探し♪　猫耳探し♪」

場では、ノアとモモナだけが楽しそうに笑って盛り上がっている。

フォルニス捜索でも観光でもなく、目的が猫耳探しに代わってしまっているが……。

「それじゃあ、アタシはこれで……」

モモナから解放されたルゥミィが、そそくさと逃げようとしている。

そうはさせるか。

「おいおい、ルゥミィも観光に来たんだろ？　だったら、俺《おれ》たちと目的は一緒だよなぁ？　一緒に見て回らないか？」

「いやぁ～……アタシはお邪魔《じゃま》しちゃ悪いかなって……」

視線を宙に彷徨《さまよ》わせるルゥミィ。額からは汗《あせ》が流れている。

「ルゥミィさんと仰いましたか……私も貴女と一緒に街を回りたいです。ダメですか？」

「……いやぁ……アタシ、独り行動が好きで——」

「敵、じゃないなら同行できるはずなんだがなぁ？」

「わ、わかったッ!!　一緒に行くからッ!!」

半ば泣きそうな声でルゥミィは了承《りょうしょう》した。

「ちょっとウィッシュ？　こいつと同行するなんて絶対に止《や》めたほうがいいわよ？　騒ぎになったらどうすんのよ」

リリウムが俺の耳元で囁《ささや》いてくる。

「逆だよ。俺たちの監視下に置くことで、ルゥミィの行動を制限することができる。街の人間に気づかれることなく、安全に観光できるだろ？」

「あぁ……なるほど」

リリウムも納得《なっとく》し、

「よし！　それじゃあ、モモナ！　俺たちにルーヴィッチの街を案内してくれ！」

大所帯になった観光パーティーが、猫耳を目指して動き出した。


ルーヴィッチ像を離れ、俺たちは街の大通りを散策することに――

「猫耳♪　猫耳♪」

嬉しそうに飛び跳《は》ねながら歩くモモナ。

その愛くるしい姿が魔界《ヘラ》で出会った魔族《まぞく》の少女ミャムと重なってしまい、つい希望の光《ウイッシング・ユー》をモモナに使用してしまった。

『対象名――モモナ。人間の少女。
年齢《ねんれい》――8歳《さい》、独身。
得意技《とくいわざ》――泣き落とし。
弱点――暗がり。怪異《かいい》系の話。虫。
特記――好きなものは猫。猫を見ると、近くに寄り付く習性がある』

……良かった、呪いの類は一切《いっさい》ない。至って普通の女の子だ。

8歳ということは、やはり魔族の少女ミャムと同じ世代か。

俺は頭の中で想像してしまう。

ミャムとモモナが一緒に楽しく遊び回っている光景を――

今の世情で実現させるのは難しいかもしれない。でも、俺たちパーティーの活動の末、様々な問題が解決できた先の未来では、そんな光景は日常になるはずだ。

「――ったく、なんでアタシがこんな……」

ルゥミィがボソッと呟《つぶや》く。

「なんか言ったか、ルゥミィ？」

「な、なにも言ってないッ!!　ほ、ほらッ!!　アタシのことなんか気にしてないで、早く猫耳を探したほうがいいよッ」

「わぁ、ルゥミィ♪　モモナの猫耳探し、やる気満々だ！　モモナも、早く猫耳着けたい！」

そう言って、モモナは再びルゥミィに抱きついた。

「ちょ、ちょっと……くっつかないで、って……このぉ」

じゃれ合うルゥミィとモモナ。そして、そんな二人を不思議そうに見つめるリリウム。

「……まさか、あのルゥミィがねぇ？　あれだけ人間を馬鹿《ばか》にして敵視してたのに」

人間と魔族の融和《ゆうわ》実現は未来のことなんかじゃない。

今、この瞬間《しゅんかん》に実現できているじゃないか。

未来なんかに後回しにしちゃダメだ。今を生きる全《すべ》ての人間と魔族の幸せを叶えるんだ。

俺は、リリウム、ルゥミィ、魔族の少女ミャムやプキュプキュ村のみんなと触《ふ》れ合ったことで、大きな野望を胸に抱いていた。

その後、しばらく大通りを歩き――

モモナの案内のもと、俺たちは通り沿いの店に入店した。

「なんだか可愛《かわい》いお店ですね。ふふふっ」

ノアが店内を見《み》渡《わた》して微笑《ほほえ》む。

店には子供しかおらず、置いてある商品も子供向けの遊び道具や菓子類《かしるい》ばかりだ。

猫耳を売っているような店とは思えないが……。

「こ、ここに猫耳が……？」

リリウムは店の雰囲気《ふんいき》に圧倒《あっとう》されてしまっているようだ。

街の大通りも賑《にぎ》やかだったが、店内はそれ以上の活気で満ち溢《あふ》れている。

……賑やかってレベルじゃない。これはもう……うるさい！　と叫びたくなるレベル。

「待てよ！　それオレのだぞ！」

「うるせぇ！　早いもの勝ちだッ!!」

「お菓子《かし》♪　お菓子～♪」

男の子、女の子、入り乱れて陳列棚《ちんれつだな》の商品を取っている。

「……あれ？　モモナは？」

俺は一緒に入店したはずのモモナが居なくなっていることに気づいた。

慌《あわ》てて店内を確認すると、いつの間にかモモナは子供たちの集団の中に紛《まぎ》れ込《こ》んでいた。

「あっ、モモナが来たぞ！」

「今日は店の中に猫を入れてないだろうな⁉　また、店のバアちゃんにオレたちまで叱《しか》られるのはヤダからな！」

どうやら、子供たちとモモナは知り合いらしい。というか友達っぽい。

「モモナ、そんなことしないもんっ」

モモナは子供たちと話をしながら棚《たな》の商品を取っている。

そして、お菓子を抱え込んで俺たちのもとへ戻ってきた。

「それは……なにかな？」

一応、モモナに訊いてみる。一応……。

「お菓子だよ！」

元気良く答えが返ってきた。

「…………」

モモナの返答を聞き、表情が強張《こわば》るルゥミィ。

「うん……それで、この店のどこに猫耳があるのかな？」

店内を見渡してもみても、猫耳らしきものは置いてないように思える。

「猫耳はないよ！」

「…………ッ」

ルゥミィの顔が徐々《じょじょ》に赤くなっていく。

「え、えぇっとぉ…………モモナは、この店に何しに来たのかな？」

「お菓子を買いに来た！」

モモナが堂々と言った直後――

「ふっざけんなぁあああッ!!　このチビスケがぁアアッ!!　このルゥミィ様が我慢《がまん》して、耐《た》え忍《しの》びながら付き添《そ》ってやってるってのにッッッ!!」

ルゥミィの怒《いか》りが爆発《ばくはつ》してしまった。

ルゥミィの大声が響《ひび》き、騒々《そうぞう》しかった店内が一瞬《いっしゅん》で静まり返る。

店に居た子供たちの視線がルゥミィに集中する。

「な、なんだアレ！　猫が居るぞ！　猫だ！」

「モモナが、また猫を連れてきやがった！」

「違うぞ！　アレ、猫女だ！」

「スゲー！　猫女なんて、オレ初めて見た！」

ルゥミィを見るや、次々に声をあげた。

そんな子供たちの反応とは対照的に、モモナの表情は暗く……今にも泣き出しそうになっていた。いや、既《すで》に泣いていた。

「えっぐ……ひっぐっ……モモナ……みんなでお菓子を食べながら……楽しく……猫耳、探そうと思ったんだ……えっぐ……えっぐ」

モモナの目からは大粒《おおつぶ》の涙《なみだ》が零《こぼ》れ落ちている。

「そうだったのですね、モモナちゃん。ウィッシュさん、このお菓子買ってあげてもいいですよね？」

「……あ、ああ……それは構わないけど」

この流れなら、そう言うしかない。分かっていても流れに乗るしかない。

ここで拒否《きょひ》なんてしたら、それこそノアにどう思われるか……。

「良い子ね、モモナ！　それにしても…………あーあ、こんな小さな子供を泣かせちゃったクソガキは、どこのどなたさんかしらねぇ～？」

リリウムは、居心地悪そうに目を逸《そ》らしているルゥミィを細目で見やった。

「……わ、悪かったってば……つい…………って、なんでアタシが謝《あやま》って……」

ルゥミィはブツブツと呟いている。

「このお菓子、買ってもいいの……？」

つぶらな瞳《ひとみ》を向けて訊《たず》ねてくるモモナ。

「いいぞ？　ルゥミィもいいよな？」

「へ⁉　ア、アタシ⁉　べ、べつに、アタシは何でもいいしッ！　決めるのはウィッシュでしょッ‼　アタシはカンケーないし！　す、好きにすれば！」

「ありがとぉ、ルゥミィ♪」

モモナの表情は、先程《さきほど》までの暗さが嘘のように晴れ晴れとしていた。

一瞬の通り雨が過ぎ去った後の、快晴の青空のように。

泣き落とし――こんな技、子供に仕掛《しか》けられたら回避《かいひ》不可能だって！　必中攻撃《こうげき》じゃん！　今まで受けた技で一番の威力《いりょく》だったぞ！

「あぁ……ルゥミィさん……なるほどっ。ふふふっ」

ルゥミィを見て何か思ったのだろうか。ノアが謎《なぞ》の笑《え》みを浮《う》かべていた。

俺たち観光パーティーは、子供向けのお店を出た後も色々な場所を巡《めぐ》り歩いた。

公園、学校、路地裏の空き地……等々。

散策の途中《とちゅう》で気づいたのだが……。俺たちが回った場所は、モモナが日常の生活で遊んでいるところばかりのようだった。

「次はね！　あそこ！」

休む間もなく、俺たちはモモナの観光案内に付いていく。

これは観光ではなく、モモナの遊びに付き合わされているだけなのでは？　……と俺も何度か思ったのだが、街の名所を回るよりも、こうして現地の住民の暮らしに肌《はだ》で触れるほうが人々のことがよく分かる。

商人の国というだけあって、子供の頃《ころ》から人と人との繋《つな》がりを大事にしているんだ。モモナ自身、自分なりに街を紹介《しょうかい》しているのだろう。自分の身近なもの、好きなものを相手に紹介するのは、商人としての最初の一歩である。

この観光の本来の目的は忘れてしまっているかもしれないが……。

「あそこ⁉　なんか、めっちゃ高くない⁉」

リリウムは、モモナが指差す場所を見て驚《おどろ》きの声をあげている。

どうやら、モモナの次の目的地は街の高台のようだ。

「ふふっ、子供は元気ですね」

ノアは、ひたすら街中を連れ回されても笑顔《えがお》を崩さず、終始楽しそうである。

「………」

一方、ルゥミィは文句も言わず、無言のまま付いてきていた。

無言ではあったが、不満そうな表情には見えない。ただただ街の人間の様子を確認している、といった具合だろうか。

そんな俺たちパーティーは、街の喧噪《けんそう》を離れて静かな高台へと登る。

小高い丘《おか》の上に着き、俺は息を吐《は》く。

「ふぅ……ここ、誰も居ないな」

「うん！　ここ、モモナの秘密基地！　この場所からの眺《なが》めが、モモナのお気に入りなの！」

モモナが立って見つめる先——

これまで歩き回ってきたルーヴィッチの街が、眼下に広がっていた。

——絶景だ。

思わず、心の中で呟いてしまう。

街のどんな名所よりも感動してしまったのだ……子供の秘密基地からの眺めに。

「凄いですねっ。私たち、さっきまであの街の中に居たんですよね」

「うわぁ、人が小さく見えるわ！　ほらっ、ルゥミィもこっち来て見てみなさいよ！」

「………………」

リリウムに促《うなが》されて街を見下ろすルゥミィだが、無言の表情が崩れることはなかった。

「ここでお菓子を食べたり猫さんと遊んだりしてるとね、お母さんに怒《おこ》られたこととか、ぜ〜んぶ忘れちゃうの！　でもね、ここはモモナの秘密の場所だから、みんなは誰にも言わないで黙っててね⁉　このお菓子あげるから！」

モモナは俺たちにお菓子を渡《わた》してきた。

「ありがとうございます、モモナちゃん」

……凄いな。もう根回しの配慮《はいりょ》まで養われているのか。というか、これ口止め料かな。

俺たちは絶景とお菓子を味わいながら、午後のひと時を過ごした。

ほんと……世界中での争いが嘘のように、のんびりとした時間が過ぎていくな。

俺が小さな幸せを噛《か》みしめていると、モモナが秘密基地を案内すると言ってきた。

「あっちには砂場があって、あっちにはモモナが作ったお店屋さんがあって……あっちはダメ！　あっちは虫さんが出るから絶対に近づかない！　それでね、あっちには――」

モモナは俺たちに自分の秘密基地を自慢《じまん》したいのだろう。誰《だれ》にも秘密だと言っておきながらお店を作ってるなんて、ちょっと可愛らしい。

「凄いですねっ！　モモナちゃん、私たちに是非《ぜひ》紹介《しょうかい》してくださいっ」

「うん！　いいよ！　じゃあ付いてきて！」

モモナは嬉しそうに応《こた》え、勢いよく走り出した。

「あっ、俺はここに残るよ。ちょっと疲《つか》れちまった」

「ごめん、ノア。私もここで休んでるわ。ルゥミィもね」

「………………」

ルゥミィは返事をしなかった。

「そうですか。それでは、私はモモナちゃんと秘密基地を見て回ってきますねっ」

ノアは場の雰囲気を察したようで、特に何も訊《き》かずモモナに付いていった。

残された、俺、リリウム、ルゥミィに、しばし沈黙《ちんもく》の時間が訪《おとず》れる――

静寂《せいじゃく》を破ったのはルゥミィの微《かす》かな声だった。

「………………じゃないッ」

発言は聞き取れなかったが、ルゥミィの顔には明らかな『困惑』の色が浮かび上がっていた。

「どうした、ルゥミィ？」

俺はルゥミィの様子……感情が気になっていたので、この場に残ったのだ。おそらくリリウムも同じ理由だろう。ノアとモモナに余計な話は聞かせたくないからな。

「魔界《ヘラ》の学校で教わったこと、ぜんぶ嘘《うそ》じゃないッ!!」

「……魔族の学校か。なにが嘘なんだ？」

「人間のことよ!! 悪逆非道な生物で、魔族を滅《ほろ》ぼすことしか考えていない野蛮《やばん》な種族だってアタシは教わったんだッ!! 人間は愚《おろ》かで、世界を破滅《はめつ》に導くとも聞かされてたッ！」

「アホな学校ね。ほんと」

吐き捨てるように言うリリウム。

「は？　リリウムセンパイだって、そう教わりましたよね!?」

「私、授業中に寝《ね》てたから聞いてないんだよねー。まぁ、そんな話なら寝てて正解だったわ」

リリウムが人間に対して変な先入観を抱《いだ》いていない理由。きっと、これだな……。

「真面目《まじめ》に授業を受けてたアタシが馬鹿みたいに…………あの嘘つき先公どもめッ」

「ルゥミィ、あんたさぁ、ドワイネルのこと信用してるの？」

「突然《とつぜん》なんですか⁉　ってか、あのジジィ、名前を聞いただけでムカつくしッ！　信用なんかするわけないですねッ‼」

「魔界《ヘラ》の学校の思想教育って、大体ドワイネルのようなジジィ連中が先導してるのよ？」

「…………うっ」

「自分たちの都合の良いように情報を操作してるに決まってるでしょ。あのジジィの言うこと、嘘ばっかりだし！　なにがリーストラ城よ」

リリウムは意味不明な文句をブツブツと呟いている。

「魔族の学校での話って、本当に嘘だったのか？」

真意を確かめたくて、ルゥミィに敢《あ》えて訊ねてみた。

「どう見ても嘘でしょッ！　この街を見てよ！　あの平和的な生活を送ってる種族の、どこに野蛮さがあるってのよ⁉　それに、モモナだって……」

ルゥミィはモモナに貰《もら》ったお菓子をジッと見つめた。

ルーヴィッチの街を歩き、モモナという人間の少女に触れ、ルゥミィには新たな感情が芽生え始めていたのだ。俺には、ルゥミィの気持ちが充分《じゅうぶん》に伝わってきていた。

……俺も魔族の世界で色々と体験したから。

自分の世界とは違う別種族の世界。そこには価値観の異なるものもあったが、家族を想《おも》う気持ちだったり、平和を望む気持ちだったり……共通するものは確かに存在していた。

「俺もリリウムと出会う前は、魔族に対してマイナスの感情を抱いていた。意味も分からず、ただ人間を滅ぼしに来る恐怖《きょうふ》の種族だって。魔族は倒《たお》すべき敵なんだ、ってな」

「………魔族は……怖《こわ》い種族なんかじゃないッ」

「ああ、ルゥミィの言うとおりだ。俺もそう思う」

魔族のことを少しだけ理解できた今なら、その言葉は俺の頭の中にスゥッと入ってくる。

「ウィッシュ、さすがにそれは平和ボケし過ぎよ」

「そうか？」

「前にも話したけど、魔族側には人間を滅ぼそうとしてる勢力が間違《まちが》いなく存在してるわ。それは人間側も同じでしょ？　互《たが》いにヤバい奴《やつ》らは居るってことよ」

俺は魔族の良い部分しか見てなかったということか。

リリウムやミャムたちは魔族の良心なのだ。さっきリリウムたちが口にしていたドワイネルという魔族は、きっと邪心《じゃしん》の塊《かたまり》なのだろう。

「たしかに、下級魔族《レッサー・デーモン》のように人間を見境なく襲《おそ》ってくる連中も居るわけだしな……」

リリウムの軍にも居たのだ。魔物《まもの》みたいな外見をして、ただひたすらに人間を攻撃してくる危険な存在が。

「下級魔族《アレ》は生命体ではないから、魔族の定義には入らないわよ」

「え？　そうなの⁉　あいつらって、なんなの⁉」

「魔界《ヘラ》に居る魔術師《ソーサラー》が、対人間用に生み出している魔造兵器よ」

……マジか、全然知らなかった……あいつら生物じゃなかったのか……。

「アタシたち魔族の呼びかけに応じて魔界《ヘラ》から召喚《しょうかん》されるんだ。そして、アタシたち幹部は、下級魔族《ヤッラ》を従えて軍を編制するのさ。まぁ、召喚主の魔力《まりょく》が低いと、まともに召喚できなくなるけどねッ。誰かさんみたいにッ！」

「ふ、ふんっ。べつに私には必要ないから全然困らないけどねっ」

「人間の街に侵攻《しんこう》するには必要だって言われてましたけどぉ～？　…………そう、人間の街に……」

そう言ってルーヴィッチの街を眺めたルゥミィは、途中で言葉を詰まらせた。

「ルゥミィは人間と直接交流するのは初めてだったのか？」

「……うん。モモナ……ああいう子供、魔界《ヘラ》にも大勢いた」

「でも、あんたは人間をゴミとか言って殺すのよね？　あんな残酷《ざんこく》な魔法《まほう》まで編み出して意気揚々《いきようよう》と使ってるわけだしぃ～」

「そ、それはッ……!!　ア、アタシは栄光ある魔王軍の幹部なんだッ!!　人間と戦うのも……こ、殺すのも……自然なことで……」

「今、ルゥミィがモモナを殺さないのは俺との約束があるからか？　人間を傷つけないっていう、あの約束………それが無ければ、モモナを殺すのか？」

「…………ッ」

ルゥミィは憤怒《ふんぬ》とも悲哀《ひあい》とも取れる複雑な表情を浮かべ、奥歯《おくば》を噛みしめた。

「業火の宴《フレア・パーティ》だっけぇ？　あれをモモナに使って、苦しむ姿を見て楽しむのかしらね。あぁ～、怖い怖い。まぁそうなったら、私が地面に頭を擦《こす》りつけてルゥミィ様に命乞《いのちご》いするけどっ」

「……っく、まだ根に持って……。まっ、アタシはそんなことしませんけどねッ!!」

「なんでだ？　魔王軍のルゥミィが人間を殺すのは自然なことなんだろ？　モモナに情が湧《わ》いたってことか？」

「負ける戦いをしたくないってだけ！　人間の生死なんか興味もない!!　そこは勘違《かんちが》いしないでよね！」

「ふーん？」

語気を強めるルゥミィに、リリウムが怪訝《けげん》な顔を向ける。

「な、なんですか、その顔⁉　べ、べつに、勇者の仲間に手を出したくないってだけだし！　ウィッシュが居なければ、あんな人間の子供、どうなろうが知ったこっちゃないッ‼」

勇者の仲間？　なんのことを言ってるんだろう……。

「俺はルゥミィが敵にならないよう祈《いの》っとくぞ」

「私はルゥミィが魔界《ヘラ》に帰ることを祈っとくわ」

「フンッ……勝手に祈ってればいい。アタシは自分の思うように行動するだけだしッ‼」

ルゥミィは、そっぽを向いてしまった。

「……それにしても、ノアとモモナ、遅《おそ》いわね。なにかあったのかしら？」

「…………ッ⁉」

リリウムの言葉を聞いた途端《とたん》。ルゥミィは、ノアたちが歩いて行ったほうへ素早《すばや》く視線を移した。いつもの鋭《するど》いルゥミィの瞳とは違《ちが》い、なんだか弱々しい視線だ。

「あの二人なら大丈夫《だいじょうぶ》だろう。ノアが付いてるんだし」

「まぁ、そうね」

リリウムは頷《うなず》いて、お菓子を食べ始めた。

「え、ホントに大丈夫なの⁉　あんな弱そうな女が一緒に居るだけじゃ、安心できないでしょッ⁉」

なんかルゥミィ…………モモナのこと、めちゃくちゃ心配してない？

「なに言ってんだ。ノアは凄い頼《たよ》りになるんだぞ。俺やリリウムが付いてるよりも安全だ」

「はあ!? あの女、そんなに強そうには見えなかったけど!? それどころか、アンタたちのパーティーで一番のお荷物でしょ！ アタシ、ずっと見てきたから知ってるんだッ!!」

「なるほど。これは魔王軍の調査精度が落ちたってのも頷けるわ。あのノアが、お荷物だなんてね～」

「だって、何の能力も持ってないじゃん!! 指に魔道具なんて着けてるくせに、魔法を使えないんでしょ!? 全然意味わかんないしッ！」

「ノアには特別な意味があるんでしょ」

リリウムは、俺の右手の薬指に嵌《は》められたリングを見て言った。

「……あの女、ウィッシュを一人で待ってる間、ずぅーっと自分の指輪を眺めてニコニコしてたけど…………アタシには、そんな大層な魔道具には見えないし脅威《きょうい》にも感じない」

――俺が商談してる間、ノアはそんな様子だったのか。

幸せそうに微笑むノアの姿が頭に浮かんできて、俺も自然と笑みが零れてしまう。

「話をすれば……ノアたちが戻《もど》ってきたわよ」

ノアとモモナは手を繋いで俺たちのもとへ歩いてきた。

「すみません、遅くなってしまいました。モモナちゃんの秘密基地、いっぱい見るところがあって時間が掛《か》かってしまいました。でも、とっても面白《おもしろ》かったですよっ」

どうやら充実《じゅうじつ》した観光を楽しむことができたみたいだ。

「今度、ノアと一緒に秘密基地をつくるんだぁ！」

楽しそうに言うモモナを見て、ルゥミィは安堵《あんど》したようにホッと胸を撫《な》でおろしていた。

「だから言ったでしょ。大丈夫だって」

「……フンッ」

ルゥミィはリリウムに鼻を鳴らし、口を尖《とが》らせた。

モモナの秘密基地紹介も終わり、俺たちは街中へ戻ることに。

街の広場に戻る途中――

「あっ！　もうこんな時間だ！　モモナ、お家《うち》に帰らないと！」

モモナが声をあげた。

「ん？　猫耳《ねこみみ》はいいのか？」

「猫耳？　なんの話？」

モモナは不思議そうに首を傾《かたむ》けている。

こいつ何言ってんだ？　とでも思ってそうな顔である。

「い、いや、なんでもない……。寄り道しないで真《ま》っ直《す》ぐ帰れよー」

「うん！　じゃあ、また明日ね！　ばいば～い！」

モモナは両手を大きく振《ふ》って、去っていった。

また明日……か。モモナは、明日も俺たちと遊ぼうとしてるんだろうな。

今日の出来事、モモナにとっては近所の子供たちと遊んだくらいの感覚なのだろう。

「モモナちゃん、本当に元気ですよねっ」

「子供は目的を忘れて、すぐに別のことに突《つ》っ走っていくからな。まるで猫のように自由だ」

俺たちの本来の目的は、モモナの猫耳探しとフォルニス捜索《そうさく》だったのだ。

無邪気《むじゃき》なモモナは、自由気ままに街中を走り回る猫そのものに見えた。

「……目的……魔王軍幹部としての目的…………アタシも猫になれたら、自由になれる……のに……な……」

猫耳フードを目深《まぶか》に被《かぶ》って目立たないようにしているルゥミィ。その小さな口から、ポツリと言葉が漏《も》れた。

「自分の思うとおりに行動するんだろ？　さっき言ってたじゃないか」

「ッ⁉　そ、そうよ！　アタシは今のアタシのままで問題ないんだッ‼　アタシは自分の信念に従って行動するだけだッ」

「ふーん、あんたに信念なんてあったんだ？」

「勝手に魔王軍を辞《や》めて、人間の村でテキトーに過ごしてるセンパイには言われたくありませんッ」

その後、俺は文句を言い合うルゥミィとリリウムを宥《なだ》め、商人ギルド本部前に戻ってきた。

そろそろ夕刻の時分である。

俺たちはフォルニス捜しを中断し、先にミルフィナを回収することにしたのだが……。

驚くべきことに、なんとミルフィナは今もパンを食べ続けていた！

小さな口で大きな胃袋《いぶくろ》にパンを放《ほう》り込み続けるミルフィナ。

「あれ？　ウィッシュ兄《にい》、もうお仕事終わったのぉ？」

ミルフィナは時を忘れてパンを貪《むさぼ》っていたようで、その驚異《きょうい》の食べっぷりに周囲には人だかりができていた。驚異というか脅威の食欲である。

退店する際、店員さんの死にそうな顔を目にしてしまい、俺は代金を追加で手渡《てわた》した。

商人としてではなく、保護者として申し訳なく思ってしまったのだ。

このパン屋さん、今日で食べ放題システムは止《や》めてしまうだろうな……ははは……。

俺は、商売の難しさを間接的に学ばせてもらった。

ミルフィナ合流後――

「へぇ～、そんなことがあったんだぁ！　ワタシもモモナちゃんと遊びたかったなぁ♪」

ルーヴィッチ像の前で饅頭《まんじゅう》を食べながら言うミルフィナ。って、まだ食うのかよ……。

「それでさ、肝心《かんじん》のフォルニスが見当たらないんだが、ミルフィナのすっげぇ女神《めがみ》パワーで居場所を突き止められたりしないか？」

俺は一縷《いちる》の望みをかけて訊ねてみたのだが、

「そんな能力はないよぉ！　…………もぐもぐ」

あっさりと否定されてしまった。

「はぁ～～、困ったわねぇ。ほんと、あの竜女《りゅうおんな》、どこ行ったのかしら」

「街をブラブラする、とだけ言っていましたけど……すみません、もっと詳しく聞いておけばよかったですね」

「ノアが謝る必要はないぞ。まぁ、初めての人間の街を楽しんでいるんだろう。そこのルゥミィと同じでな？」

「は、はあ⁉　べ、べつに楽しんでないしッ‼　ってか、ずっと気になってたんだけど、あんたたちが言ってるフォルニスって、あの魔竜《まりゅう》フォルニス？」

ルゥミィが怪訝な表情を浮かべて訊ねてきた。

「ああ、そうだぞ。今、ルーヴィッチの街に居ることは間違いないんだけど」

「あんなデッカい竜が街の中に居たら、すぐに見つかるでしょうがッ‼　ってか、大騒《おおさわ》ぎになるでしょ！　さっきから何言ってんのよ⁉」

噛み合わない俺たちとルゥミィ。無理もないが……。

「話すと長くなるんだけど」

「フンッ。まぁアタシにはカンケーないことよッ。もう『観光』も済んだことだし、アタシはこれで――」

そう言って、ルゥミィが俺たちの観光パーティーを抜《ぬ》けようとした時――

「おう！　オメーら！　やっと見つけたぜ！　どこ行ってやがったんだ！」

ロングの黒髪《くろかみ》を靡《なび》かせ、フォルニスが現れた。

「それは俺たちのセリフだ！　お前こそ、どこほっつき歩いてたんだよ⁉」

「あぁん？　オレ様は別にどこも歩いてないぜ？　それよりも、大変なことになってるみたいだぜ？　フサイとかシャッキンとか？」

「おいおい、やめてくれよ⁉ 商人の俺に、そんな物騒《ぶっそう》な単語を持ち出すの……」

「ウィッシュ様ですね？ 詳《くわ》しい話は私から説明させて頂きます」

突如《とつじょ》、フォルニスの後ろからスーツ姿の男性が顔を出した。

その後、スーツの男性から説明を聞き、フォルニスの話と整合させた結果――

……フォルニスがギャンブルで大損したということが判明した。

大通りを歩いていたフォルニスは客引きに遭遇《そうぐう》し、賭博《とばく》場を案内された。そして、訳の分からないまま賭博に参加させられ大負けし、負債《ふさい》を背負わされた……と。

運の悪いことに（？）違法賭博ではなく合法なギャンブル場だったので、俺はフォルニスの借金を代わりに払《はら》わされたのだった。

ミルフィナに続き、フォルニスの件でも監督《かんとく》不行き届きを問われる形となってしまった。

「いやぁ！ それにしても、カードゲームってのは面白《おもしれ》ぇな！ また今度やりに来てぇなあ！ フハハハハッ‼」

大層ご機嫌《きげん》な様子のフォルニス。

「次は普通《ふつう》のカードゲームで頼《たの》むわ……」

おかげで、ギルバートさんに頂いた大量のルピが完全に底を突いてしまったよ……ははははは……。

魔界《ヘラ》の山々だけじゃなく、俺《おれ》の財布《さいふ》の中身まで吹き飛《ふ》ばすフォルニス。
俺は、フォルニスがギャンブル依存《いそん》に陥《おちい》らないことを切に願った。

幕間《まくあい》　～窮地《きゅうち》の総指揮官～

ウィッシュ一行が、ニーベール共和国へ向け旅立った日のこと――

この日、魔王城《まおう》では重要な会議が開かれていた。

この会議は、精鋭《せいえい》幹部たちだけが召集《しょうしゅう》された幹部会議である。

会議室に集まった魔王軍の主力幹部たち。みなが議事進行役のドワイネルの話に耳を傾けている。

「――リングダラム王国への侵攻は失敗。それどころか、逆に人間どもの士気を高めてしまう結果となりました。また、魔竜フォルニスの封印《ふういん》が解けたという情報があり、調査員を派遣《はけん》しましたが、こちらも進展は見られません」

幹部たちに向け、淡々《たんたん》と説明するドワイネル。

ドワイネルの説明が終わると、それまで黙《だま》って聞いていた幹部が口を開いた。

「ふぅむ……改めて整理してみると、我《わ》が魔王軍の直近の活動は悉《ことごと》く失敗しておるのだな。戦果が挙がっていないどころか、まともな侵攻作戦すら実行できておらぬ」

会議の目的は、魔王軍の現況《げんきょう》報告と、今後のレピシア侵攻の計画について幹部間で考えを統一させることである。普段《ふだん》は個々で好き勝手に活動している幹部たちが、互いに緊密《きんみつ》な関係を確認《かくにん》し合う大事な場でもあるのだが……。

「ってことはよぉ？　つまりは、ドワイネルさん、あんたの立てた計画が全部失敗しちまってるってことだよなぁ？　違うかぁ？」

「それは断じて違います！　そもそもアストリオン侵攻は、リリウムという無能を追放するための作戦であり、街の陥落《かんらく》は目的ではありません！　フォルニス調査の遅《おく》れにしても、新人幹部であるルゥミィさんの怠慢《たいまん》が原因です！　無能な部下の失態を私に押《お》し付けないでもらいたいものですな！」

失敗を犯《おか》した者を糾弾《きゅうだん》する場になることが常であった。

「その無能な奴を任務に当たらせたのは誰だぁ？」

「……ぐぐぐッ」

幹部に責められ、ドワイネルは歯を軋《きし》ませる。

「リリウムちゃんはともかく、ルゥミィちゃんは使える子ですよぉ？　少なくとも戦闘《せんとう》面においては、ここに居るボクたちと同じくらいには戦えるはずなんですよねぇ～」

別の幹部も口を挟《はさ》んでくる。

「ほほ～う？　ってことは……、やっぱりドワイネルさん、あんたの計画に問題があるってことじゃねぇかぁ？　いいや、あんた自身の問題かもなぁ！」

「…………そ、それは」

ドワイネルを擁護《ようご》する声はあがらず、魔王軍総指揮官は立場を追い込まれていく。

「我ら栄光ある魔王軍に失敗は許されません。魔界《ヘラ》に居る貴族の方々の目もあります。これ以上の失態は、ドワイネル様だけでなく現在の執行部《しっこうぶ》全体の問題となります。次のレピシア侵攻では、絶対に戦果を挙げなければなりません」

「……つ、次の侵攻作戦なら既に決定しています！」

ドワイネルが鼻息を荒《あら》くして宣言した。

「ほ～う？　誰が、どこの街を攻《せ》めるんだ？　まさか、ドワイネルさん自ら出陣《しゅつじん》かぁ？」

「侵攻目標はニーベール共和国の首都ルーヴィッチ！　先遣隊《せんけんたい》の隊長に、ンゴヴェルガさんを任命し、私が魔王城から指揮を執《と》ります！」

「チッ、まーた安全な城から指示出すだけかよ。しかも、あの脳筋ンゴヴェルガが隊長かよ……ドワイネルさん、最後の作戦にならなければいいけどなぁ？」

そうして幹部会議は終了《しゅうりょう》し、大きな怪物《かいぶつ》が雄叫《おたけ》びをあげて魔王城を飛び出していった。

ウィッシュたちの居る、ルーヴィッチに向かって――

六章　商人の国（後編）―心の在《あ》り処《か》―

右胸の心臓が脈動する。
自分の心臓ながら鬱陶《うっとう》しくてイライラする。
一方、活動を停止している左胸の心臓は静かで良い。このまま停止してるのも悪くない
と思えてきてしまう…………って、それはダメだッ!!
アタシは万全《ばんぜん》な状態でウィッシュと再び戦うのだ。
……戦う？　本当に？
アタシは、ルーヴィッチ像前の広場で仲間たちと楽しそうに笑う男をチラリと見やる。
直後、右胸の心臓が激しく波を打ち始めた。
クソッ！　なんなんだ！　この鼓動《こどう》は⁉　収まれ！　収まれって！
勇者ウィッシュへの恐怖心《きょうふしん》に苛立《いらだ》ちを覚える。
……いや、ウィッシュへの恐怖心など、とうに消え去っている。
恐怖心どころか、安心感のようなものすら抱き始めてしまっている。

——その温かい……自身の熱い感情に苛立っているのだ。

これからアタシは、どうしたらいいのだろうか……。

ウィッシュたちは目的を果たし、自分たちの村へ戻るだろう。アタシはウィッシュたちの後を追って、もとの監視《かんし》の任務に就《つ》けば良いのだろうか。

既に観光パーティーは解散してしまった。

アタシがウィッシュたちと居る理由はどこにもない——その事実を考えると、アタシの心臓が何かを知らせるように高鳴りをあげてくるのだった。

◇◆◇◆◇◆◇◆◇◆◇◆

ルーヴィッチ像が朱色《しゅいろ》に染まる時刻。

ミルフィナ、フォルニスと無事に合流したことで、ルーヴィッチでの目的は全《すべ》て完了《かんりょう》することができた。

商談に観光、懐《なつ》かしい者たちとの再会や新たな出会い——

色々あったけど、この街は非常に住みやすいところだと感じていた。いつかアークも、ルーヴィッチみたいに発展するといいな……そんな想いを胸に抱きつつ、俺はルーヴィッチ像から離《はな》れ、街を出立しようとしていた。

「ルゥミィさんは街に残るのですか？」

「べ、べつに……アタシはアンタらの仲間でもなんでもないしねッ。用が済んだのなら、アタシは好きにさせてもらうわ！」

腕組《うでぐみ》をして、わざとらしく視線を外すルゥミィは、なんだか強がっているようにも見える。

「なんだ？　寂《さび》しいなら一緒《いっしょ》にアークに来てもいいんだぞ？」

「は、はぁ!?　な、なんでアタシがアンタらと一緒に行かなきゃならないのよッ。バ、バッカじゃないの!?　フンッ!!」

「ふふっ。やっぱりルゥミィさんは『ツンデレ』属性だったのですねっ」

ルゥミィの反応をみて、ノアは楽しそうに言う。

「……は？　ツンデレ……属性？　アタシは最強の炎《ほのお》属性使いだってのッ!!」

ツンデレ属性……俺も聞いたことがない魔法の属性だ。

「最強？　炎なんて、氷雪系魔法で一発で凍《こお》らせて終わりよっ。よって、最強は氷でーす」

……子供のように張り合い始めるリリウム。

「フーンだッ、その氷も使えないいんじゃ意味ないでーすッ、最弱でーすッ」

ルゥミィも負《ま》けず劣《おと》らずの子供っぷりを披露《ひろう》していた。

「おい、ウィッシュよぉ。そろそろ行こうぜ？　もう街には用ないんだろ？」

フォルニスが退屈《たいくつ》そうな声で言ってくる。

「ああ、そうだな」

「…………」

俺がフォルニスに返すと、ルゥミィの表情が曇《くも》り出した。

「なーんか、街の外のほうから大きな物音が聴《き》こえてくるんだよなぁ。オレ様は騒《さわ》がしくなる前に森に帰りてぇ。うるせぇのは苦手だ」

「物音？　……何も聴こえないけど？　ミルフィナは聴こえるか？」

「んーん。ワタシには聴こえないよぉ～♪　モグモグっ」

引き続き饅頭を食べることに集中しているミルフィナ。

きっとフォルニスの聴覚《ちょうかく》能力が発達し過ぎなんだな。さすがは伝説の魔竜。

「ねぇフォルニス。その音って、どっちの方向から聴こえてくる？」

リリウムが真面目な顔で訊《たず》ねる。

「ん～？　あっちから聴こえるぜ？　なんだオメーら、こんなに響《ひび》いてくるのに聴こえねぇのかよ⁉　人間も魔族《まぞく》も不便な生き物だなッ！　フハハハッ！」

フォルニスはルーヴィッチの大門のほうを指差して答えた。

「リリウム、なにか気になるのか？」

「……ええ。実は、私も同じ方角から微弱《びじゃく》な魔力の揺《ゆ》らぎを感じるのよ。それほど大きな揺らぎじゃないから、気にしなくてもいいと思うんだけど……なんか変な胸騒《むなさわ》ぎがしちゃって……」

「センパイ、魔力感知のチカラ衰《おとろ》えてません？　まぁ、温暖化してるレピシアじゃ、そんなもんなんでしょーけどッ」

「うっさいわね。そう言うアンタはどうなのよ？　そんな得意気な態度を取るってことは、あの魔力の揺らぎの原因、すぐに特定できるのよねぇ？」

「うっ……も、もちろん、できますよぉ？　レピシア中に漂《ただよ》う多くの火の魔素……その揺らぎを感知することなんて、このアタシにとっては造作もないです。魔力感知の成績、学校で一番でしたからアァッ!!」

ルゥミィは集中力を一気に高めた。

被っていた猫耳フードが揺れ、魔族特有の耳と角が露出《ろしゅつ》しそうになる。

「おぉ、ルゥミィさん凄《すご》いですねっ！　魔術師《ソーサラー》の方だったんですね」

ルゥミィの正体を知らないノアは感嘆《かんたん》の声をあげている。

「べ、べつに凄くないしッ………………って、この反応は——」

ルーヴィッチの外……遠く離れた対象に向けて魔力感知を使用するルゥミィ。その顔色が、どんどん強張《こわば》っていく。

「なによ、その顔。まさか、魔物が街に向かってきてるんじゃないでしょうね？」

冗談《じょうだん》混じりに訊ねたリリウムに対し、ルゥミィが——

「魔物じゃないッ!!　魔王軍が攻めてきてるッッッ!!」

鬼気《きき》迫《せま》る声で告げた。

「な、なんだと⁉　魔王軍って……あの魔王軍だよな⁉」

気が動転し、俺は思わずアホなことを言ってしまった。

「そんな……嘘でしょ……？　今の弱体化した魔王軍に、こんな大国を攻める力あるはずないって……それこそ、私みたいな捨て駒《ごま》ならまだしも…………うぅ」

リリウムは自分で言って落ち込み出した。

「アタシの魔力感知で捉《とら》えられた対象は一つ！　相手はンゴヴェルガですッ!!　間違いないッ!!」

「だ、誰だ、そいつ……幹部なのか⁉」

「……魔王軍幹部、脳筋ンゴヴェルガ……永劫の狂戦士《エンド・バーサーカー》と呼ばれる戦闘狂《せんとうきょう》よ……。戦場で放っておくと、いつまでも戦い続ける怪物で……まともに会話が通じない相手だわ」

「そんなヤベー奴がルーヴィッチに近づいてきてるってのか⁉」

「まだ距離《きょり》は遠い……けど！　このままだと、確実に街に突っ込んでくるッ‼」

ルゥミィの必死な言葉に、俺たちパーティーに緊張《きんちょう》が走る。

「ウィッシュ兄……どうする？」

心配そうな顔で訊ねてくるミルフィナ。

……どうしよう……迎《むか》え撃《う》ちに飛び出すべきか……それとも……。

考えている時間はない！　早く結論を出せ！　考えろ考えろ。考えろ！

必死に思考を巡《めぐ》らせる俺。そんな俺の肩《かた》に、ノアがそっと手を乗せてきた。

「ウィッシュさん、街の人の安全が第一です。私たちで守りましょう！」

強い光を瞳《ひとみ》に宿し、ノアは言った。

「……そうだな、ノアの言うとおりだ！　あれこれ考えてる時間はねぇ！　街の住人の避難が最優先だ！」

俺は勇者じゃない。まずは住民たちに危機を知らせ、素早く避難《ひなん》させることが俺の役目だ。

ニーベール共和国は商人の国だが、対魔王軍用の軍備もあり、ボルヴァーンだって配備されているのだ。魔王軍幹部の討伐《とうばつ》は、プロフェッショナルに任せるべきだ。

決心がついたら、やることは一つ。

「ん～？　森に帰るんじゃねぇのかぁ？　魔王軍なんか放っておけばいいだろ？」

人間と魔族との戦争に興味のないフォルニスにとっては、魔王軍の侵攻など頭の埒外《らちがい》なのだろう。それこそ、小虫が飛び回ってるくらいにしか思っていないのかもしれない。

「そんなわけにはいかねぇんだ。この街には大切なモノがいっぱいあるし、守らなきゃならないもんもいっぱいある。住民の避難誘導、フォルニスも手を貸してくれ！」

「まぁ……ウィッシュがそう言うなら……メンドーだが、やってやるかぁ」

フォルニスは渋々《しぶしぶ》といった様子で応《こた》えてくれた。

そして——

ルーヴィッチ像前の広場に立ち、

「みなさん！　聞いてください！　この街に、もうすぐ魔王軍が攻めてきます！　一刻も早く、この場から逃《に》げて避難場所へ向かってください！」

「この場所は危険です！　早く逃げてください！　お願いします！」

「オメーら！　こんなところで遊んでんじゃねぇぞ！　これから、ここにヤベー奴が来るみてぇだからな！　早く逃げたほうがいいぜッ!!」

俺たちは必死に住民たちに呼びかけた。

しかし――

「はぁ？　魔王軍？　ルーヴィッチに来るわけねぇだろぉー」

「ねぇねぇ、あの人たち、なに言ってんのかな？　もしかしてヤバい人たち？」

「まだ家に帰る時間じゃないしなぁ～、もうちょっと遊んでよぉっと」

街の人間は俺たちの警告に耳を貸すことなく、自分たちの日常を楽しんでいる。

そんな住民たちの様子に、魔族のルゥミィは呆《あき》れた表情を向けている。

「これが平和ボケした人間の本質なのね。ちょっと見直してたアタシがバカみたいじゃないのよ……フンッ」

「へー、見直してたんだ？　まぁ、いきなり魔王軍が来るぞ！　なんて言っても信じるわけないわよ。衛兵の警鐘《けいしょう》だって鳴ってないんだから」

リリウムの指摘《してき》はもっともだ。

「じゃあ、どうすればいい!?　このままだと、警鐘が街に響いた時にはパニックだ！」

リリウム軍がアストリオンに攻めてきた時の街の混乱。俺はよく覚えている。

住民たちは、リリウムの名に怯《おび》え、神レピスに縋《すが》る者まで居たのだ。

「こうするのよ！」

突然《とつぜん》、リリウムは一人で群衆の前に足を踏《ふ》み出した。

「リリウム⁉」

この緊迫《きんぱく》した状況下《じょうきょうか》で、いったい何をするつもりなんだ⁉

……もう時間もないはずだ。危機は、すぐそこまで迫《せま》ってきているのだ！

今はリリウムの考えに賭《か》けるしかない。俺はリリウムの様子をジッと見守った。

そして、そのリリウムはというと、群衆を前に――

「我は魔王軍幹部、深淵《アビス・ファイス》なる銀氷リリウムである！　今から、この街を攻め落とす！」

高らかに宣戦布告したのだった。

魔王軍最強と名高いリリウムの突然の登場――きっと、あの時のアストリオンのような混乱状態に陥ってしまうぞ⁉

……いや？　待てよ……そうか！　リリウムの狙《ねら》いはソレか！　ンゴヴェルガの襲来《しゅうらい》よりも前に、『リリウム』襲来の衝撃《しょうげき》で住民を逃げ出させる、と。良い作戦かもしれない！

……しかし、住民たちは混乱する以前に、身体《からだ》が竦《すく》み上がってしまって動けずにいるようだ。いざ恐怖《きょうふ》の対象が目の前に現れると、咄嗟《とっさ》の行動はできなくなるものだ。

そんな状況の中、一人の男性が冷静に声をあげる。

「ネエちゃん、なに言ってんだ？　魔族ごっこなら、公園で子供たちとやってな」

男性は冷ややかな視線をリリウムに送った。

その後、広場に居た人々からも次々と声があがる。

「ぷぷぷっ、あの若いネエちゃん、リリウムなんだってよぉ？　おぉー怖《こえ》え怖《こえ》ぇ！」

「本物なら、ルーヴィッチの街も凍り付いちゃいますね～。まぁ、そんな耳をした魔族、居るわけありませんがね！　ははははっ」

「お前がリリウムならボクは勇者だぁ！　退治してやるぅ」

リリウムは小さな子供に膝元《ひざもと》にパンチを浴びせられる。

「い、痛っ、や、やめなさいってばっ！　こ、このぉ～……っ」

……ダ、ダメだ。今の状態じゃ、誰《だれ》もリリウムのことをリリウムだと信じてくれない。

魔界《ヘラ》では魔族に信じてもらえず、人間世界《レピシア》では人間に信じてもらえない。

不憫《ふびん》であるが、今はそんな感傷に浸《ひた》ってる場合じゃない。時間がないのだ！

「ウィッシュ兄、このままじゃ街の人たちが……！」

「ウィッシュさん……」

仲間たちの心配そうな声。

……どうする⁉　住民を避難させることは諦《あきら》めて迎撃《げいげき》に向かうか⁉

俺が作戦を変更《へんこう》しようかと懊悩《おうのう》していた、その時だった。

ルゥミィが、いきなりルーヴィッチ像の前に立ち――

被っていた猫耳フードを脱ぎ捨てた。

「……ルゥミィ⁉」

思いも寄らないルゥミィの行動に、俺は身体が固まってしまう。

一方、リリウムに対して嘲笑《ちょうしょう》を向けていた住民たちは、ルゥミィを見るや否《いな》や、

「おおおおおい…………あ、あの耳と角…………ま、まさかっ⁉」

「ま、ま、魔族だッ‼」

「魔族だ！　魔族が広場に居るぞッ‼」

「魔王軍なのか⁉　本当に魔王軍が攻めてきたのか⁉」

「みんな！　早く逃げろ！　殺されるぞッ‼」

広場から周辺の大通りに至るまで、ルーヴィッチの街は一気に大混乱に陥った。

恐怖に支配され慌《あわ》てふためく大人たち。そんな大人たちを見て泣き叫《さけ》ぶ子供たち。

恐怖と混乱が伝播《でんぱ》していき、一瞬《いっしゅん》の後に広場からは人が消えて居なくなった。

広場には、まるで戦争の後のような物哀《ものかな》しい雰囲気《ふんいき》が漂っている。

「ルゥミィさん…………魔族の方だったのですね？」

「…………」

ルゥミィはノアからの質問に答えず、無言で佇《たたず》んでいた。

恐《おそ》れるように逃げ出した人間たち……ルゥミィは、その光景を見て複雑な表情を浮《う》かべていた。どことなく悲しそうな顔に見えたのは俺の気のせいだろうか。

ただ……俺にはルゥミィの意図――決意は充分《じゅうぶん》に伝わってきていた。

「ありがとう、ルゥミィ。これで街の住民に被害《ひがい》が及《およ》ぶことはないだろう。あとは、兵士たちに任せて――」

『カンカンカンカンッ!!』

住民を避難させ安堵していた俺たちのもとへ、大きな鐘《かね》の音が轟《とどろ》いてきた。

鐘の音の後に続き、緊急避難《きんきゅうひなん》の号令と有事を知らせる号砲《ごうほう》が鳴り響く。

「兵士さんたちは大丈夫でしょうか……魔王軍の幹部が相手なのですよね？」

「大丈夫でしょ。この国にはボルヴァーンがあるんだし。ンゴヴェルガは猪突猛進《ちょとつもうしん》の脳筋タイプだからね。ボルヴァーン対策なんか考えてないわよ」

「だといいが……」

リリウムにとっては複雑ながらも信頼度《しんらいど》抜群《ばつぐん》のボルヴァーン。

しかし、あの最新鋭《さいしんえい》の火力兵器にも弱点はある。おそらく魔王軍にも知られていない
……いや、魔王軍なら考えもしないであろう部分に弱点があるのだ。

俺は湧《わ》き上がってくる胸騒ぎを抑《おさ》え、仲間たちとともに広場で様子を見守った。

しばらくして――

けたたましく響き渡《わた》っていた鐘の音が消え、広場に一層の静寂《せいじゃく》が訪《おとず》れる。

「警鐘が収まりましたね……ボルヴァーンを使用して退却《たいきゃく》させられたのでしょうか……」

いや、それはない……。ボルヴァーンを発射したのであれば、警鐘以上の轟音《ごうおん》が聴こえてくるはずだ。それに、ボルヴァーンはエネルギー充填《じゅうてん》に非常に時間が掛かるのだ。

兵士や冒険者《ぼうけんしゃ》たちが敵の先兵である下級魔族《レッサー・デーモン》と戦っている間にエネルギー充填を済ませ、敵の親玉である本陣《ほんじん》に向けて攻撃弾《こうげきだん》を発射する……というのが運用方法である。

静まり返る街に、嫌《いや》な空気が流れるのを感じる。

「おい！　あのウルセー音、どんどん大きくなってきてるぜ⁉　この音、たぶんオメーらが言ってる奴《やつ》の足音だッ‼　ドゴンッドゴンッって、耳障《みみざわ》りな音だぜ、ったくよぉ！」

フォルニスが不快感を露《あら》わにして言ってくる。

「ウィッシュ兄！　ワタシにも聴こえるよ！　こっちに近づいてきてるっ！」

「ああ……」

既《すで》に俺にも聴こえてきている。

足音だけじゃない……凄い『圧』がヒシヒシと伝わってきている。

「ちょっと待ってよ⁉　なんで？　なんでボルヴァーンを撃たないのよ⁉」

リリウムが悲痛な叫び声をあげた直後――

「壊スンゴッッ‼　コノ街、全部壊スンゴッッ‼　ンゴンゴンゴオオオォォ‼」

広場に向けて一直線に走ってくる怪物の姿が、目に飛び込んできた。

怪物――ンゴヴェルガは俺の2倍はあろうかという巨体《きよたい》を揺らし、大地を弾《はず》ませる。まるで大地震《おおじしん》が発生したかのように街の建物までも揺れている。

――嫌な予感が的中だ。

何も考えずに、いきなり親玉が初手で街に突っ込んでくる展開。

ボルヴァーン対策としては、実は最適解なのだ。

「ボルヴァーンは撃たないんじゃない。撃てないんだよ」

エネルギー充填時間の問題だけではない。

「はぁ⁉　なんでよ⁉　あの脳筋、すぐそこまで迫ってきてるのよ⁉」

「そこまで侵入《しんにゅう》を許した時点でボルヴァーンは使用できない。ボルヴァーンは街中には撃てないんだ……もし発射したら、街が吹き飛んじまう。アイツは倒《たお》せるだろうけど、街も人間も死んでしまう」

魔王軍のような、作戦のためなら仲間も平気で見殺しにする連中であれば、そんなこと躊躇《ちゅうちょ》せずに、どんどん撃ち込むだろう。

今の状況、まさに人間の『甘《あま》さ』が弱点になってしまっているのかもしれない。

「そ、そっか……確かにそうね…………って、じゃあどうするのよ⁉」

魔王軍ではない魔族のリリウムは、すぐに理解してくれたようだ。

「もう俺たちにできることは一つしかない！　ここでアイツを食い止めるんだ！　ノアはミルフィナとフォルニスを連れて避難しててくれ！」

「ウィッシュさん………いつも頼《たよ》ってしまって申し訳ありません。どうか、ご無事でっ」

ノアは去り際、俺の身を案じ、言葉を送ってくれた。

俺たちパーティーには役割があるんだ。それぞれに、それぞれの戦い方がある。

「ンゴンゴンゴゴゴォオオオ‼　全部！　ゼンブ！　壊スンゴゴゴゴゴッッッ‼」

ドゴンッドゴンッと地鳴りを轟かせて、一直線に駆《か》けてくる怪物。

怪物は、走路上のオブジェや建物を破壊《はかい》しながら広場へ突《つ》き進《すす》んでくる。

ンゴヴェルガ……ヤツを止めるのは俺の役割だ！

「こうなったら、やるしかないわね」

「ああ。ルーヴィッチの人たちを守るんだ！」

「………………」

猫耳《ねこみみ》フードを脱ぎ、無言の状態で佇むルゥミィ。

俺とリリウムを合わせて、こっちは三人。戦力的には充分だ。

既に敵は眼前に迫ってきており、衝突《しょうとつ》は避《さ》けられない。

俺は覚悟《かくご》を決め、ンゴヴェルガに希望の光《ウイッシング・ユー》を使用する――

『対象名――ンゴヴェルガ。魔族の男性。
年齢《ねんれい》――423歳《さい》、人間換算《かんさん》で42歳相当、独身。
得意技《とくいわざ》――怪力《かいりき》パンチ。全身の力を右手の拳《こぶし》に集め、前方の敵に向けて放つ渾身《こんしん》の物理攻撃《こうげき》。自身と離れている場所にも攻撃は達し、威力《いりょく》は軽減されない。
弱点――魔《ま》法攻撃全般《ほうこうげきぜんぱん》。
特記――知能が低く、細かいことに頭が回らない。一度決めたことに猛進《もうしん》する。直情型』

どうやら、リリウムたちの話から想像したとおりの相手のようだ。

弱点箇所《かしょ》は…………アキレス腱《けん》か。両脚《りようあし》の踵《かかと》部分が綺麗《きれい》に光っている。

戦力的には充分でも、相手は魔王軍の幹部なんだ。小細工なしに、一気に弱点を突く！

俺が気持ちを引き締《し》めた、その瞬間《しゅんかん》――

「あれ？　やっぱりルゥミィだ！　魔族が攻めてきたって聞いたけど、ルゥミィだ！」

広場に人間の少女の陽気な声が響き渡った。

場の雰囲気に似合わない明るい声。

その声の主《ぬし》は、

「モモナ⁉　なんでモモナが広場に⁉」

さっきまで俺たちと一緒に観光していた少女――モモナだった。

「街の人たち、魔王軍が攻めてきたって騒いで逃げちゃったんだけど……な～んだ！　ルゥミィじゃん！　モモナ、逃げなくて正解だった♪」

モモナは俺の声に答えず、呑気《のんき》な様子で笑っている。

「モモナ！　ダメ！　今はこっちに来ないでッ‼　早く逃げてッッ‼」

これまでに聞いたことのないルゥミィの必死な叫び声。

モモナが立っている場所は、ンゴヴェルガの進路上だ。

このままだとヤツの巨体に踏み潰《つぶ》されてしまう！　俺の位置からだとモモナを守れない。

……だったら、先にンゴヴェルガ自身に攻撃して、奴の突進を止めるしかない！

俺はンゴヴェルガの後方から攻撃を仕掛《しか》けようと、瞬間的《しゅんかんてき》に身体を動かす。

狙うはアキレス腱のみ！

しかし――

「人間、発見ンゴッ‼　人間、壊スンゴゴゴゴッッ‼　ンゴォオオオオオオオ‼」

突然、ンゴヴェルガは走るのを止め、前方に猛烈《もうれつ》なパンチを繰《く》り出した。

……こ、これは……まさか……怪力パンチ⁉

ンゴヴェルガが放った強烈《きょうれつ》な一撃《いちげき》は空《くう》を貫《つらぬ》く。

そして、その衝撃弾《しょうげきだん》は前方に佇む一人の少女――モモナへと一直線に向かった。

「モモナあああああッッ‼　逃げ――」

俺の声よりも、ンゴヴェルガの衝撃弾のほうが疾《はや》かった。

悲鳴をあげるよりも速く、周囲に爆音《ばくおん》が広がる。

ンゴヴェルガの放った恐るべき衝撃弾が……攻撃対象に着弾《ちゃくだん》した音――

その直後。

爆発《ばくはつ》の衝撃で、モモナが立っていた場所から大量の粉塵《ふんじん》が吹き上がった。

「……モ、モモナ……？　嘘《うそ》でしょ…………？　嘘よね⁉」

顔が歪《ゆが》んでいくリリウム。

場の空気も状況も、三秒前とは大きく変わってしまっていた。

急いでモモナのもとへ駆け寄ろうと走り出した時。

立ち上る粉塵が消え始め、徐々《じょじょ》にモモナの姿が露わになっていく。

「モモナ⁉　……モモナ！　無事だったのか！」

モモナは直撃《ちょくげき》を免《まぬが》れたようで、その場で呆然《ぼうぜん》と立ち尽くしていた。

ンゴヴェルガの衝撃弾は、モモナには当たらなかったようだ。

――だとすると、あの激しい衝撃音《しょうげきおん》は⁉

その後、粉塵は収まり、周囲の光景が晴れていく。

「……あ……あ……あぅ……ぅ……」

口を震《ふる》わせて、声にならない声を漏《も》らすモモナ。

そのモモナの目の前には――

モモナを守るようにして立つルゥミィの姿があった。

「ル、ルゥミィさん‼」

隠《かく》れていたノアが飛び出してきて、悲痛な叫び声をあげる。

――ルゥミィが身を挺《てい》してンゴヴェルガの攻撃からモモナを守ったのだ。

ンゴヴェルガの衝撃弾を真正面から受け、全身ボロボロ状態のルゥミィ。

「……ッぐ……ッふ……がはッ……!!」

ルゥミィは口から血を吐《は》き出し、地面に崩《くず》れ落ちそうになっている。

「ンゴンゴンゴンゴオオオオオオオ!!」

そこへ、ンゴヴェルガが追撃《ついげき》を図《はか》ろうと突進《とっしん》してきていた。

……俺がヤツへの攻撃を優先させた一方で、ルゥミィは咄嗟の判断でモモナを庇《かば》うという行動に出た。そんなルゥミィに、これ以上の攻撃は向けさせねぇ！

――絶対にルゥミィとモモナを守る！

俺《おれ》は全ての力を脚《あし》に集中させ、ンゴヴェルガとルゥミィの直線上に割って入ろうと大地を蹴《け》った。間に合えッ！　間に合ってくれッッ!!

しかし、俺よりも一瞬速く、ンゴヴェルガがルゥミィの前に到達《とうたつ》――

止《とど》めとばかりに、強烈なパンチをルゥミィに繰り出そうと、怪物が拳を振《ふ》り上げる。

まさに、今際《いまわ》の際という瞬間。

「――ハァアアッ!!」

リリウムが、ルゥミィとンゴヴェルガの間に割って入ってきた。

「……う……リリウム…………センパイ……？」

虚《うつ》ろな状態でリリウムの名を呟《つぶや》くルゥミィ。

「――ッンゴゴゴゴオオオオオッ!!」

ンゴヴェルガが攻撃の標的をリリウムへ切り替《か》えたことで、一瞬の間《ま》が発生した。

リリウムが生み出してくれた、この『一瞬』。

俺にとっては充分すぎる一瞬だった。

俺は、リリウムに向けて放たれたンゴヴェルガの拳をナイフで弾《はじ》き飛ばした。

ヤツ自身へダメージを与《あた》えることはできなかったが、拳を弾いたことでヤツとの間合いは確保することができた。

「………う……ッ――」

直後、糸が切れたようにルゥミィが地面に倒れ伏《ふ》してしまった。

「ルゥミィ!!　ルゥミィイイイイイイ!!」

「ルゥミィさん!!」

泣き叫ぶモモナに続き、ノアが飛び出してきてルゥミィを介抱《かいほう》する。

「ノア！　ルゥミィの治療《ちりょう》を頼《たの》む！　それと、モモナの安全確保も！」

「わかりました！」

ミルフィナとフォルニスも出てきて、一緒にルゥミィの治療にあたった。

――場に一層の緊張が走る。

本当に、命を懸けた魔王《まおう》軍との戦争が始まってしまったのだ。

先程《さきほど》までのルーヴィッチ観光が、夢幻《ゆめまぼろし》の出来事だったように思えてくる。

俺は気持ちを切り替えて、改めて眼前の怪物と対峙《たいじ》した。

「あの脳筋、ひたすら物理攻撃を繰り出すだけだわ。それに判断力が鈍《にぶ》い。技の威力は大きいかもしれないけど、二人で注意を逸《そ》らしながら戦えば問題なく勝てるわよ」

ンゴヴェルガと対峙しているのは俺だけじゃない。リリウムも俺の隣《となり》に立って、一緒に敵と向き合っている。しっかりと相手の分析《ぶんせき》もおこなっており、頼りになる相棒だ。

「そうだな。上手《うま》く攪乱《かくらん》して、『アキレス腱』を攻撃できれば……」

戦いを早く終わらせて、急いでルゥミィの治療に向かいたい。

俺は敵のことよりも負傷したルゥミィのことを考えていた。

「ルゥミィは絶対に大丈夫《だいじょうぶ》。あの生意気なルゥミィが、あんな攻撃で死ぬわけないわ……」

俺の心情を推《お》し量《はか》ったのだろうか。リリウムが言葉を投げかけてくる。

「……ああ。ルゥミィの強さは、俺が誰よりも知っているさ。身をもって経験したからな」

俺は逸《はや》る気持ちを抑え、ナイフを強く握《にぎ》り締めた。

「ンゴゴォ?」

一方、なにやら不思議がっている様子のンゴヴェルガ。その視線の先は俺たちではなく、別の方向に向けられていた。

……すると、ンゴヴェルガの視線の先から二つの影《かげ》が飛び出してきた。

「これは絶好の機会です！　行きますよ、パル！」

「……承知。まさか、こんな大物が現れるなんて。討伐できれば報酬《ほうしゅう》が沢山貰《たくさんもら》える」

杖《つえ》を携《たずさ》えて、ンゴヴェルガに魔法《まほう》を仕掛ける二人。

「あ、あれは……私に呪《のろ》いの腕輪《うでわ》を売った詐欺師《さぎし》じゃないのよ⁉　なんで、こんなところで出てくんのよぉ！」

賢者《けんじゃ》ノエルと魔《ま》法使《ほうつか》いパル。俺の元パーティーメンバーの二人だった。

「狙いは討伐報酬か……」

同じルーヴィッチの街に居たんだ。魔王軍の襲来と聞いて、二人が討伐にやってきたとしても不思議ではない。それどころか、ノエルとパルは手練《てだ》れの冒険者であり、さらに活動資金に困窮《こんきゅう》しているということであれば、積極的に討伐に参加するだろう。

理由はなんであれ、ンゴヴェルガを撃退《げきたい》できるのであれば問題はない。

しかも、二人は魔法の扱《あつか》いに長《た》けている。ンゴヴェルガにとっては天敵だろう。

「私が右から牽制《けんせい》しますので、パルは左側から魔法攻撃《まほうこうげき》をお願いします！」

「……わかった。これだけ距離を保てれば、詠唱《えいしょう》も問題ない」

魔法使いパルはンゴヴェルガとの距離を計算し、詠唱を開始する。

その間に、賢者ノエルがンゴヴェルガの右手にまわり、光魔法を放った。

「ンゴゴゴゴォオオオ!!　人間ッ！　許サナインゴオオオオォ!!」

ノエルの光魔法を食《く》らい、頭に血が昇《のぼ》るンゴヴェルガ。ンゴヴェルガは、その場で拳に力を入れて、『例の技』をノエルに向けて放出しようとしていた。

……マズいぞ!?

ノエルとパルは、ンゴヴェルガの怪力パンチが飛び道具だということを知らない！　物理攻撃タイプの脳筋だから距離を取れば大丈夫、というわけではないのだ！

俺は瞬時《しゅんじ》の判断で、賢者ノエルのもとへ全力で駆け出した。

そして、そのままの勢いでノエルに向かって身を投げ出し、その場から彼女《かのじょ》を離脱《りだつ》させた。

「ウィッシュ!?」

驚《おど》きの声を発するノエル。

その直後。ノエルの顔は、今以上の驚きの表情へと変わる。

数秒前までノエルが立っていた場所をンゴヴェルガの衝撃弾が貫き——さらに、その先にあるルーヴィッチ像に着弾。

耳を劈《つんざ》くような衝撃音とともに、幸運のルーヴィッチ像は粉々に吹《ふ》き飛んだ。

「……あわわわわわわ」

顔を引きつらせる魔法使いパル。

「ウィッシュ！　無事⁉」

遠くからリリウムの声が聞こえてきた。

「ああ！　こっちは無事だ！」

リリウムの立っている場所と俺が今居る場所……その中間点に、ンゴヴェルガが居る。

ということは、つまり——

今、俺とリリウムは、ヤツを挟《はさ》み撃ちすることができるポジションになっている！

リリウムがヤツの注意を引き付けてくれれば、俺はアキレス腱を狙えるッ！

期せずして、これ以上ない絶好の位置取りになった。

「あ、あ、あのっ……ウィッシュ……助けてくれた……のですか………私を」

ノエルは腰《こし》を抜《ぬ》かしてしまっているようだ。

「まだ助けられたわけじゃない。これから助けるから、ここで大人しくしていてくれ！」

俺が言うと、ノエルは黙《だま》って頷《うなず》いた。

「ンゴゴゴォオオ⁉」

その時――

これまで俺とノエルのほうを向いていたンゴヴェルガが、突如《とつじょ》背後を振り返り、標的をリリウムへと移した。

どうやら、リリウムが石の破片《はへん》をンゴヴェルガに投げつけたようだ。

「ふふんっ♪」

俺の場所からはリリウムの表情は見えないが、得意気な声は聞こえてくる。

――さすが相棒。

俺の『狙い』、ちゃんと聞いていたようだな！

このチャンスを活《い》かさないわけにはいかない。

ここが俺の……俺たちにとっての勝負所だ！

俺は、ンゴヴェルガの光を目指して一直線に疾走《しっそう》する。

自分の身体から炎《ほのお》が湧き上がってくるような熱さを感じる。

血が滾《たぎ》っているからだろうか？

——違《ちが》う。

ルゥミィを……仲間を傷つけられた怒《いか》りの炎が、俺の身体の中で燃え上がっているんだ！

俺は俺の仲間を傷つけるヤツを許さない！

ルゥミィの炎が俺に乗り移ったかのように熱く滾ってくる。

そして、『希望の光』を目の前に捉えた瞬間——

「ンゴオオオオオオオオオオオオオオオオオオオオンッ!!」

ンゴヴェルガは大きな呻《うめ》き声をあげて崩れ落ちていった。

一瞬の瞬《まばた》きの間に、俺はヤツの両脚のアキレス腱を同時に切り裂《さ》いていた。

「…………フゥ」

緊張を脱《だっ》したことで、自然と息が漏れる。

「ウィッシュ！　やったわね！　相変わらず化け物みたいな攻撃ね、それ！」

リリウムが駆け寄ってきて、俺の瞳《チカラ》を指して言った。

無防備に曝《さら》された相手の弱点を後方から攻撃しただけ。この結果をもたらしたのは、リリウムの判断能力の高さと勇気があったおかげである。

「……あ、あわわ…………ウィッシュが……一撃で魔王軍を………ご、ごくり」

俺の傍《かたわ》らでは、魔法使いパルが口をパクパクと動かしていた。

「…………ンゴゴォ……ンゴォォン」

地面に蹲《うずくま》って呻き声をあげるンゴヴェルガ。

もちろん生きている。俺はヤツの動きを封《ふう》じただけで止《とど》めは刺《さ》していない。直《じき》に来るであろうニーベール共和国の兵士に引き渡せばいい。その後の処置については、全《すべ》てニーベールの人たちに任せればいいだろう。俺たちの役目は終わったのだ。

戦闘《せんとう》を終え、ホッと胸を撫《な》で下ろす。

その直後、俺の耳に、

「――ルゥミィさん!!」

ノアの叫び声が飛び込んできた。

「ルゥミィ!?」

戦闘の余韻《よいん》に浸っている場合ではない！

俺とリリウムは、急いでルゥミィのもとへ駆け出した。

ンゴヴェルガとの戦闘地点から少し離《はな》れた場所――そこにルゥミィは静かに横たわっていた。まるで、居眠《いねむ》りでもしてるかのように瞼《まぶた》を閉じたまま……。

「ルゥミィ！　ねぇ！　ルゥミィ！　起きてよ！　ルゥミィ！」

「ルゥミィ……さん……ダメ……ですよ……起きてくれない……と…………」

必死に呼びかけるモモナと、呆然と立ち尽《つ》くすノア。

俺がルゥミィに近寄ろうとすると、ミルフィナが急に抱《だ》きついてきた。

「このお姉ちゃん、ルゥミィ……っていうんだよね？　ワタシ……ぜんぜん一緒《いっしょ》に遊べてなかったのに……。……で、でも！　今度、また一緒に遊べるよね⁉　ねぇ⁉　ウィッシュ兄《にぃ》！　ワタシ、ルゥミィと遊べるよね⁉　これが…………お別れじゃないよね⁉」

ミルフィナの瞳には大粒《おおつぶ》の涙《なみだ》が浮かんでいる。

——嘘だ。

ルゥミィは強いんだ。あんな攻撃でやられるわけないんだ。

いくら弱点の物理攻撃だったとはいえ……いくら心臓が一つ停止していて身体が弱っていたとはいえ！

「ルゥミィが死ぬわけないよなッッッ⁉　目を覚ませよッ‼」

ルゥミィは俺の大声にも応えることなく、静かに横たわっている。

「……う、嘘でしょ……ルゥミィ……？」

リリウムは愕然《がくぜん》と地面に崩れ落ちてしまった。

「モモナのせいだ……モモナが…………モモナがルゥミィのことを呼んだから……だから

……うぐっ……うっぐ……ぇっぐ……あああああぁ!!　うあぁぁあああん!!」

モモナが堰《せき》を切ったように泣き叫ぶ。

嘘泣《うそな》きではない、モモナの本当の涙。

その拍子《ひょうし》に――ルゥミィのポケットから、お菓子《かし》が零《こぼ》れ落ちた。

……モモナがルゥミィにあげたお菓子……大事に持っていたんだ……。

「おい！　ルゥミィ！　こんなとこで寝《ね》てんじゃねぇ！　早く目を覚ませって！」

俺は寝ているルゥミィの両肩《りょうかた》を揺《ゆ》さぶって起こそうとする。

「やめろ、ウィッシュ」

フォルニスが俺の肩《かた》を強く引っ張ってくる。

「……フォルニス、邪魔《じゃま》をするな」

「もう、よせ。どういう状態か分かってるだろ？」

淡々《たんたん》と言うフォルニス。

……分かんねぇ。俺には分かんねぇ。

俺たちより遥《はる》かに長生きするドラゴンや魔族《まぞく》の死生観なんて、ぜんっぜん分かんねぇ！

ルゥミィの状態!?　そんなもん、俺には――

『対象名――ルゥミィ。魔族の少女。
年齢――158歳、人間換算で16歳相当、独身。
特記――二つある心臓が両方とも停止している状態』

――ふざけんじゃねぇぞ。

なんだ、この使えねぇ能力《チカラ》は！　なにが希望の光だッ!!

間違《まちが》いだらけなんだよ!!

「……信じねぇぞ！　……まだだ……まだ俺のチカラでなんとかできるはずだ……そうだろ!?　ミルフィナ！」

「ウィッシュ兄ぃ……ごめん…………ごめん、ワタシにチカラが無いせいで……ごめんね……ごめ……ん……うわあああああんっ!!」

ミルフィナもモモナと同じように大声で泣き出してしまった。

なんでだよ……なんでこんなことに……。

「…………私のせいです」

「ノ、ノア？」

唐突《とうとつ》にノアが呟いた。

「私が役立たずだからです！　ウィッシュさんもリリウムさんもミルちゃんもフォルニスさんも……みんなみんな自分の役目を果たして精一杯頑張《せいいっぱいがんば》っているのに、私だけ何もしていない……何もできていないからです！　モモナちゃんを守れず……身を挺してモモナちゃんを守ったルゥミィさんも助けられない……こうやって、ただ泣いて、自分の無能さを嘆《なげ》くことしかできないっ!!」

「ノア、そんなことは――」

「私にチカラがあったら……私に、ルゥミィさんを……みなさんを守れるチカラがあったら……何もできない自分が……」

その後に発したノアの言葉は、俺には聞き取れなかった。

安らかに眠《ねむ》るルゥミィの身体には、懸命《けんめい》な治療が施《ほどこ》された形跡《けいせき》がある。ノアが一生懸命《いっしょうけんめい》にルゥミィを助けようとした証《あかし》だ。

ノアは決して役立たずなんかじゃない。ノア自身だって分かっているはずだ。

ノアは感情を必死に抑えるように、両手を静かに震わせている。

そして、ノアの大きな瞳《ひとみ》から、光の粒《つぶ》が一滴《てき》、ルゥミィの身体に滴《したた》り落ちた――

◇◆◇◆◇◆◇◆◇◆◇◆

暗い暗い場所に居る。
暗い所は嫌《きら》いではないけど、ちょっと心がザワついてる気がする。
この胸の鼓動《こどう》……なんだろう？　もしかして、寂《さび》しさってヤツなのかな？
――そんなわけない。
アタシは魔王軍幹部なんだ。
そんな情けない感情なんて、故郷の魔界《ヘラ》に置いてきた。
周囲から期待されて、努力して、その結果、幹部の地位にまで辿《たど》り着いた。
弱い感情を捨て、甘さを失くしたからこそ、到達できた場所。
アタシには仲間なんて居ない。これまで、一人で全部やってきた。
あの監視《かんし》作業だって、アタシの自己判断で行ったことだ。
――監視、か。
アイツ……不思議な男だったな……。
仲間からの信頼《しんらい》が厚く、仲間のことを何よりも大切に想《おも》っているアイツ――
なんだか、胸が再びザワつき始める。

なぜだろう？

……こ、これは、アイツの仲間になりたいとか……そういうんじゃないッ!!　アイツの仲間に嫉妬《しっと》してるとかでもないッ!!

アタシは自分の胸を落ち着かせる。

そしてアタシは気がついた。

胸がザワつくなんてこと、あるわけがない。これは勘違《かんちが》いだ。

だって――

アタシの心臓、止まっちゃってるんだもん。

鼓動を感じることもなければ、変なザワつきに困ることもない。

アタシは死んだんだ。

死。

なんで死んだんだっけ。

ああ、そうだ。あの子を……モモナを……。

そうか。アタシは『甘さ』を捨てきれてなかったんだな。

魔王軍の幹部にまでなって、最期《さいご》にやったことが人間の子供の命を守ることだなんてね。

自分でも笑ってしまう。

しかし、後悔《こうかい》はない。

アタシはアタシの『思うとおり』に信念に従って行動しただけだ。

脳裏《のうり》をよぎるのは、自分を見て逃《に》げ惑《まど》うルーヴィッチの人間たちの姿。魔族だと分かった瞬間、怖《こわ》がって遠くへ行ってしまった。もちろん、それが普通《ふつう》の反応だ。

でも――モモナはアタシを……アタシの耳や角を見ても、逃げなかった……。

……モモナ、ちゃんと無事で居るかな。

まぁ、アイツが居るんだし、ンゴヴェルガなんて簡単にやっつけられるか。

安心し、気が緩《ゆる》んだことで少し眠気《ねむけ》が襲《おそ》ってきた。

あぁ……なんか、だんだん寒くなってきたな……。

暗い所は嫌いじゃないんだけど、寒い所は大嫌いだ。

アタシは最強の炎使い。熱いのが大好きなんだ。

あったかい場所に行きたいな。

温《ぬく》もりが感じられる場所。

あの秘密基地で見たような光溢《あふ》れる眩《まぶ》しい世界に――

起きたら、次は温かいところ……に……。

……次は……アイツの――ウィッシュの仲間になれたら……。

いいな。

そうして――

アタシは穏《おだ》やかな光に包まれながら、そっと瞼を閉じた。

◇◆◇◆◇◆◇◆◇◆◇◆

重い沈黙《ちんもく》に支配され、絶望的な空気が立ち込める広場――

「……………俺が……俺の判断が……」

悔《くや》しくて苦しくて。口から血が流れてきそうなくらい奥歯《おくば》を噛《か》みしめて。

……俺に！　もっとチカラがあったら!!

心の中で叫《さけ》んだ。

「ルゥミィさん……っ!!　ルゥミィさん……ッ!!」

その場には、ノアから漏れてくる悲痛な声だけが響《ひび》き渡る。

そんな絶望的な状況《じょうきょう》で――

突如、『光』が溢れ出した。

絶望の暗闇《くらやみ》の中に現れた、一筋の光。

光は、一人の人物を中心に天をも貫く柱となり、場を一瞬《いっしゅん》で照らし出す。

光の中心点――出現点は俺ではない。ミルフィナでもない。

「ノアお姉ちゃん⁉」

「ノ、ノア⁉　ど、どうなってるの……⁉」

「な、なんだこれ⁉　こ、この光……オレ様には眩しすぎるッッ‼」

ノアから神々《こうごう》しい光が発せられていた。

その場に居た全員がノアを見る。

「ノアお姉ちゃん⁉　こ、この光は……⁉」

女神《めがみ》であるミルフィナも分かっていないようだ。

光の中心人物――ノアも自身から放出されている光に気づいていないようで、

「ルゥミィさん‼　私たちのもとへ戻《もど》ってきてくださいッ‼」

必死にルゥミィへ呼びかけ続けていた。

ノアから発せられている光は、徐々にルゥミィの身体《からだ》に流《なが》れ込《こ》んでいく。

まるで、母親が我《わ》が子を優《やさ》しく抱きかかえるように、ゆっくりと光がルゥミィを包み込む。

「い、いったい……何が起きて……」

何もできず、何も分からないまま、俺はただ呆然とすることしかできない。

「――ウミィさん……………ルゥミィさんッ！　私の声に応《こた》えてください！　私は諦《あきら》めません！　絶対に助けるんです！　私は、もう……………大切な仲間を失いたくありません！」

ノアが叫んだ瞬間――

周囲に拡散していた光までもが、一気にルゥミィの身体に流れ込んだ。

光が収束し、大きな束となってルゥミィを包む。

やがて、眩《まばゆ》い光に照らされていた広場は、元の状態へと戻った。

全ての光がルゥミィの中へ入ったことで光が消失したのだ。

その直後。

俺とノアが着けていた『シルバーリング』が、パリンッと乾《かわ》いた音を立てて砕《くだ》け散った。

そして、ノアの一粒の涙が、ルゥミィの頬《ほお》に流れ落ち――

「――あったかいな……」

両目をゆっくりと開かせて………ルゥミィが呟いたのだった。

奇跡《きせき》。

俺の目の前で、奇跡が起きていた。

希望の光《ウィッシング・ユー》でも確かめた。

頭では理解《わか》っていたが、心が理解することを拒否《きよひ》して認めなかったが。

——ルゥミィは間違いなく死んでいた。

「ル、ルゥミィさん!?　……ルゥミィさん、私です！　ノアです！　わかりますか!?」

「ん……んん、う、うん…………わかる」

「み、みなさん！　ルゥミィさんが目覚めましたよ!!　良かったです……！　本当に良かったです!!　…………私……本当に……ぅ……ぅう」

「ルゥミィっ!!　ごめん！　モモナのせいで……うわあああぁぁんっ!!」

ルゥミィに泣いて抱きつくノアとモモナ。

その後、しばらくノアやモモナ、ミルフィナ……そして、リリウムの泣き声が収まることはなかった。

復活したルゥミィに事情を説明し終えた頃《ころ》——

兵士たちが、負傷して動けなくなっていたンゴヴェルガの回収作業をしたり、街や住民たちの被害状況《ひがいじょうきょう》の確認《かくにん》などをおこなったり、周囲は騒然《そうぜん》としてきていた。

　ルゥミィは、周囲の人間に正体がバレないよう、猫耳フードを被《かぶ》り直す。

「――なんか、信じられないな……………アタシ、生き返ったんだ……」

　自分が死んでいたことを自覚していたのだろうか、ルゥミィは不思議そうに言った。

「ルゥミィ……まさかアンタが、あんなことするとは思ってなかったわよ！　おかげで心配……………い、いえっ、変な気苦労をしちゃったじゃないのよっ。もうっ」

　怒《おこ》っているのか笑っているのか分からない口ぶりで言うリリウム。

「それはアタシのセリフですけどねぇ？　まさか、センパイがアタシを庇って、あの脳筋の攻撃を受けようとしてくれるなんてねぇ」

「うぐっ……………あ、あれは……………その……………」

「ふ～ん？　まっ、なんでもいいですけどぉ」

　ルゥミィは何やら満足そうだ。

「でも、本当に良かった。ルゥミィ……モモナを助けてくれて本当にありがとう。ルゥミィがモモナを助けてくれたから、今こうして笑っていられるんだ」

　俺はルゥミィに頭を下げた。

「ルゥミィ！　本当にありがとう……それとね……………ごめん」

涙を必死に堪《こら》えながら言うモモナ。

モモナは、終始ルゥミィに抱きついていて離れそうにない。

「べ、べつに！　アタシはアンタを……人間を助けたわけじゃないしッ!!　たまたま飛び出したら、あの脳筋の攻撃《こうげき》に当たっちゃっただけッ！　運が悪かったわー」

「ふふっ」

ルゥミィの反応をみて、ノアが笑う。

「な、なによ!?　ノア……だっけ、ま、まぁ……アンタには礼を言っておくわ、一応…………………ありがと」

「私は何もしてませんよ？　ここに居る皆《みな》さんがルゥミィさんのことを想って……その願いが神様に届いたんですよ。ね？　ミルちゃんっ」

「う、うんっ!!　そ、そうだねっ!!　えへへ〜〜っ」

ミルフィナは、ノアと調子を合わせるように元気よく答えた。不自然な明るさで。

「…………いや、人間の神が魔族のアタシを蘇《よみがえ》らせちゃダメでしょ……敵なんだから」

「敵？　誰《だれ》が？」

「ウィッシュまで何言ってんのよ!?　アタシは魔族！　アンタらは人間！　さっき戦争してたばっかりでしょうが」

「俺はルゥミィと戦ってた覚えはないぞ。俺が戦ってたのはンゴヴェルガっていうヤツだけだ。ルゥミィたちと力を合わせてな」

「……それはアンタたちの……か、勘違いよッ……アタシは気まぐれで動いただけだしッ」

「～？　よく分かんないんだけど、ルゥミィはモモナたちの友達じゃないのぉ？　モモナはルゥミィのこと、勝手に友達だと思ってるけど！」

「そ、それは……」

視線を宙に逸らし、答えをはぐらかすルゥミィ。

「あんた相変わらず面倒《めんどう》くさいわね……。モモナ？　ルゥミィはモモナの友達でも仲間でもないんだってさー？」

「はぁ!?　そんなことは言ってな――」

「え……そ、そうなのぉ……？　モモナ…………ルゥミィのこと、好きなのに……うぅ」

モモナは大粒の涙を流し、地面を濡《ぬ》らした。

さっきまで必死に堪えてたのに、簡単に泣き出したぞ……。

「わ、わかったから！　まぁ……そ・こ・ま・で言うなら、『協力』関係ってことにしてあげてもいいけどッ!!」

「わーい♪　ルゥミィの機嫌《きげん》が良くなった！」

一瞬でモモナに笑顔《えがお》が戻る。

これが真の最強スキル『泣き落とし』である。強すぎる。

「べ、べつに、仲間になったなんて言ってないからね⁉　この最強の炎使いのルゥミィ様が、そう易々《やすやす》と勇者の軍門に下るなんて、ありえないからねッ‼　フ、フンッ」

勇者？　なにを言ってるんだ？　この最強の炎使い様……。

「ふふふっ」

楽しそうにルゥミィを見つめるノアと、

「だ・か・ら！　最強の属性は氷だって何度も言ってるでしょ‼　炎なんか、すぐに凍《こお》らせてやるんだからっ」

謎《なぞ》の負《ま》けず嫌《ぎら》いを発揮するリリウム。

リリウムとルゥミィ、相性《あいしよう》悪いのかな？

「だ・か・ら！　何度も説明してるとおり、使えない氷魔法に強いも弱いもないんですってば！　意味ないんです！　最弱でーす！」

いや……結構、似た者同士なのかもしれない。対極の属性に位置してるだけで。

「ふふっ」

ノアは謎のツボが発生したらしく、ルゥミィを見て笑っている。

「ちょ、ちょょっと？　さっきからアタシを見て、なに笑ってんのよ⁉」

「すみませんっ。その……凄《すご》く『ツンデレ』属性だな、と思ってしまいまして」

「さっきも言ってたけど、なにそのツンデレ？　属性？　アタシは炎属性なんだけど……」

「私から見たら、ルゥミィさんは炎以上にツンデレのほうが目立っていますよ？」

「……それ、強いの？　炎以上に強いの？　氷にも負けない⁉」

ルゥミィはリリウムの氷に対抗《たいこう》しているらしい。

「強いか弱いかで言えば、強い？　とは思いますけど……強さよりも人気があって──」

「じゃあアタシ！　最強のツンデレ属性を目指すッッッ‼」

ルゥミィは胸を張って堂々と宣言したのだった。

「「おおぉ！」」

ミルフィナとモモナの子供ペアから謎の歓声《かんせい》があがる。

「キャハハハッ‼　アタシ、これからは最強のツンデレ使いとして名を上げていくからッ‼

次に会った時は覚悟《かくご》しておくことねッ！」

なぜか俺を指差して言うルゥミィ。

「なんだ？　俺《おれ》たちと一緒に村に来ないのか？　仲間だろ？」

「…………い、言ったでしょ！　あくまでも協力関係だって！」

「ワタシ、ルゥミィと一緒に遊びたかったのにぃ……」

ミルフィナが落ち込んでしまう。

「か、勘違いしないでッ……ウィッシュたちと争うつもりも…………ないから」

「ははっ、それを聞いて安心した。アークに来たら歓迎《かんげい》するぞ！　今度こそな？」

「あんた、本当は私たちと一緒に来たいくせに……強がっちゃってさっ。魔王城に戻ったって、どうせ何もやることないでしょ。……い、一緒に……来なさいよ」

リリウムが顔を赤らめて言う。

「……やることはあります。ってか、アタシにしかできないことがあります。センパイが魔王軍を離れたことで、軍内部は混乱しちゃってますからね。ドワイネルのジジィは求心力も低下していますし、組織を『中から変える』なら今がチャンスなんですよ」

そう語ったルゥミィの表情は真剣《しんけん》そのものだった。

「それがルゥミィの思ったことなら、俺は喜んで協力するぞ！」

魔王軍の内部から魔族社会を変革する――

ルゥミィの前には大きな壁《かべ》が立ちはだかるだろうが、そんなものは俺たち仲間が一緒に壊《こわ》してみせるさ！

「……っそ。まぁ、頑張《がんば》りなさいよ」

センパイからの短い励《はげ》ましの言葉に、ルゥミィの表情が少し和《やわ》らいだ。

「モモナ……またルゥミィに会える？」

寂しそうに訊《たず》ねるモモナ。

子供のモモナには、ルゥミィの言葉が今生《こんじょう》の別れの挨拶《あいさつ》に聞こえてしまったのだろうか。

「うん……いつでも会える。だから……次に会う時まで、『コレ』……渡《わた》しておくわ」

ルゥミィは猫耳《ねこみみ》フードを脱《ぬ》いで、モモナに被せた。

「わぁ♪　貰《もら》っていいのぉ？　ありがとぉ、ルゥミィ！」

「貸すだけだからね？　ちゃんと返してもらうんだから、その時まで大事に持ってなさいよ？」

「うん！　モモナ、大事にする！」

「じゃあ……この姿のまま街に居ると、また騒《さわ》ぎになっちゃうから――」

「次に会った時は、その角をモモナにちょうだい！　可愛《かわい》いからモモナも着けたい♪」

モモナが無邪気《むじゃき》な声で言った。

ルゥミィはモモナの頭を優しく撫でて、少し微笑《ほほえ》んでから――

「…………うん。それじゃ、またッ!!」

俺たちに短く挨拶して、ルーヴィッチの街から姿を消した。

ルゥミィを見送ったリリウムは、どこか寂し気な表情を浮《う》かべていた。

俺たちはモモナとも別れを告げ、ルーヴィッチの街を後にしようとしていた。

そんな時だった——

「…………ウィッシュ。先程《さきほど》は……ありがとうございました」

広場に残っていた賢者ノエルが礼を言ってきた。

「……アタシからも礼を言う。助けてくれて、ありがとう。敵の戦力を見抜《みぬ》けなかった自分が情けない」

魔法使いパルも続く。

「怪我《けが》がなくて何よりだ。冒険者《ぼうけんしゃ》は身体が資本だからな。って言っても、変な商売は止《や》めておけよな？　二人にも事情はあるにせよ、あの詐欺《 》商売は商人として見過ごすわけにはいかない」

「その話なのですが……実はパルと二人で話をしていました」

「ふむ？　どんな？」

「……今日、ウィッシュがアタシの露店《ろてん》に来た時に言っていたこと。アタシたちの力になってくれるっていう話」

「一度断っておきながら、本当に都合の良いことだと思っているのですが……どうかウィッシュの力を私たちに貸して頂けないでしょうか？」

ノエルとパルは神妙《しんみょう》な顔つきで懇願《こんがん》してきた。

話を聞いた俺は、それからアークのことを二人に説明した――

「私たちと離れてから、そんなことが……」

「以前の勇者パーティーでは役立たずのお荷物扱《あつか》いされていたが、今の俺なら少しは役に立てるはずだ！」

「違います、ウィッシュ……何も分かっていなかったのは私たちのほうです。陰《かげ》ながらパーティーのために動いて貢献《こうけん》していたウィッシュを、私たちは無能だと追放して良い気になっていたのです……愚《おろ》かなことに」

「……アタシたち、ぜんぜん本質を見抜けていなかった。本当に役立たずだったのは、アタシたちのほう。ウィッシュが抜けてから、それに気づかされた。でも、認めたくなかったから、ノエルと足掻《あが》いていたんだ」

二人は俺に対し、申し訳なさそうに自身の心情を語る。

プライドの高い二人が、弱い自分を曝《さら》け出しているのだ。二人を追い打ちして責めるようなことは絶対にしない。その気もない。

「そっか…………それならさ、俺と一緒にイチからやり直してみないか？　アークは、まだまだ不便な場所で、昔のパーティーみたいに豪勢《ごうせい》な生活はできないけどさ！」

「今の私たちにとっては拾ってもらえるだけでも光栄なことです。本当に良いのですか？」

「ああ！　歓迎するぜ！」

「……アタシたち、ウィッシュに色々酷《ひど》いこと言ったし、許されないことをやってしまった。それでも良いの？」

「昔のことだろ？　大事なのは今だ！　これからだ！　一緒に前に踏《ふ》み出していこうぜ！　踏み出す歩幅《ほはば》は自分で決めればいいさ！」

俺が言うと、ノエルとパルは涙ぐんでしまった。

「ウィッシュ…………本当に、本当に申し訳ありませんでした。これからは、私たちがウィッシュの力になります。どうぞ、宜《よろ》しくお願い致《いた》します！」

「……ウィッシュはアタシたちにとっての真の勇者！」

こうして、新たに賢者《けんじゃ》ノエルと魔法使《まほうつか》いパルがアークの住人に加わった。

俺は勇者じゃないけどな！

◇◆◇◆◇◆◇◆◇◆◇◆

１日半後――

行きと同じ行程で俺たちはアークに帰ってきた。

魔竜《まりゅう》フォルニスの存在に驚《おどろ》くノエルとパルだったが、それ以上に驚きだったのは、二人がフォルニスと顔見知りみたいな関係だったことだ。

世界は広いようで狭《せま》いんだなぁ、と俺は呑気《のんき》に思っていたのだが。

驚愕《きょうがく》の事実は、その後も続いた。

それはアークに戻った直後のことだった。

リリウムが、「村の人たちに話したいことがある」と言い出したので、急遽《きゅうきょ》、俺はアークの住人たちを広場に集め、その場を用意した。

「アークの人たち、みんな集まってくれたぞ？　これでいいのか？」

リリウムは頷《うなず》き、住民たちの前に出て話を始める。

「みんな……集まってくれて、ありがとう」

リリウムは何やら緊張《きんちょう》しているようだ。緊張というより怯《おび》えているようにも見える。

「リリィちゃん、どうしたんだぁ？　畑の収穫《しゅうかく》で困ったことでも起きたのかな」

「いいや、もしかしたらゼブマンさんの家の改修工事のことかもしれん」

「おぉ、儂《わし》の家の改修では随分《ずいぶん》と世話になっとるからのう。なにか負担になってなければ良いのじゃが……」

アークの人たちは、急なリリウムの呼びかけに動揺《どうよう》しているようだ。

元村長のゼブマンさんも、リリウムの様子を気にかけている。

それは俺たちパーティーメンバーも同じだった。

ノアとミルフィナも、リリウムの話に真剣に耳を傾《かたむ》けている。

「――実は……私、今までみんなに黙《だま》っていたことがあって……」

リリウムが話しづらそうに口を開く。

「おぉ？　なんだなんだ？　リリィちゃんの秘密公開話？」

「こらっ、リリィちゃんが真面目《まじめ》に話してるんだから、大人しく聞いてろって！」

リリウムの真剣な様子に、住民たちにも緊張が走る。

俺にはリリウムの気持ちが伝わってきていた。みんなに言おうとしてることも――

リリウムは意を決したようで、すぅっと一呼吸入れてから、

「………私、実は魔族なの！　人間じゃないのよ！　しかも、魔王《まおう》軍の元幹部……いい

え、元魔王をやってたリリウムなの！　今まで騙《だま》していて、ごめんなさい！」

自分の正体を包《つつ》み隠《かく》さずに明かしたのだった。

俺の予想どおりの告白だ。ルーヴィッチでのことを思えば、リリウムが黙っていられるはずがない。リリウムは、そういうヤツなんだ。

……しかし、アークの住民たちの反応は、俺が全く予想しないものだった。

「は？　なんじゃ、そんなことか！　そんなの、とうの昔から知っておるわい！」

ゼブマン元村長が呆《あき》れたように言った。

「おいおいおい、なんだよ、リリィちゃん！　秘密の話って、そんなことだったのかぁ？オレは、てっきり好きな男への……っていうかオレへの愛の告白だとばかり……」

「それなら大事件だったな！　まぁ、実際は周知の事実を発表されただけだが！」

住民たちから一斉《いっせい》に緊張感が抜《ぬ》ける。

と、同時に、俺たちに衝撃《しょうげき》が走っていた。主にリリウムに。

「え⁉　ちょっと待ってよ⁉　私のこと、知ってたの⁉　なんでなんでなんでなんでええええええ‼　って！　ぜんぜん怖がってないのも、なんでえええええ⁉」

リリウムの絶叫《ぜっきょう》が木霊《こだま》する。

「儂ら旧ザッケン村の古株連中は、魔王軍のことはそれなりに知っておるのじゃよ。なにせ自分たちの身は自分たちで守らにゃならんからのう。魔王軍の幹部級の情報は共有しておるのじゃ。リリィ――リリウムの容姿なんかも、魔王時代から知っておるわ」

「だな！　オレたちなんて、もうオッサンなのに、リリィちゃんは若いままで羨《うらや》ましいぜ！」

マジか……ノアのような新規の入村者以外はリリウムのことを知っていたんだ。

……っていうか、ノア以外全員知ってたってことか。

ノエルとパルはリリウムを見て、目ん玉が飛び出すくらい驚いてるけど……。

「それと、私たちがリリィちゃんを怖がる理由なんて、どこにもないわ」

「うんうん！　この村は、来るものを拒《こば》まずに受け入れるんだから！　ザッケン村がアークになったって、それは同じことでしょ！」

世界はレピスが作ったのかもしれないが、アークはアークの住民が作り上げていくんだ。

「みんな…………ありがと…………大好きっ」

リリウムの頬に涙《なみだ》が伝う。

男性女性、子供も大人も、種族だって関係ない。

人間と魔族。絶対に分かり合える。
俺は確信した。

エピローグ

部屋の片隅《かたすみ》で、砕けたシルバーリングの破片《はへん》を手に取る。

何度、希望の光《ウィッシング・ユー》を使用してみても、ただの魔道具（破損）という結果しか出ない。

「…………はぁ」

俺は思わず溜息《ためいき》を吐《つ》いてしまう。

ノアから出た光。その正体がコイツにあるかもと思ったのだが、どうやら違《ちが》うらしい。

「ウィッシュさん、ごめんなさい。せっかく買っていただいたのに……」

ノアがリングの破片を悲しそうに見つめて言った。

「ノアのせいじゃないよ。砕けた原因は分からないけど……まぁ安物だったからな……」

「…………そう、ですか」

壊れた指輪の話になると、決まってノアは暗い表情になってしまう。

「またアストリオンに行ったら買ってあげるからさ。落ち込むなよ？」

「はい……。あの……ウィッシュさんは…………居なくなったりしませんよね？」

「俺？　俺は居なくなったり消えたり、砕け散ったりしないから安心してくれ。安い魔道具じゃないからな。ははは っ」

ノアが指輪を凄く大切にしていたことは俺も分かっている。その大事なモノが突然砕《とつぜんくだ》けて失くなっちゃったら、精神的に落ち込んでしまうのも無理はない。

なんとか元気を取り戻してほしいところだが……。

「ウィッシュ兄《にい》、ちょっとこっち来て？」

俺が悩《なや》んでいると、ミルフィナが声を掛《か》けてきた。

なにやら二人だけの話があるそうで、俺は家の外に連れ出された。

「なんだ？」

子供の内緒話《ないしょばなし》か、微笑ましいな。

まぁミルフィナのことだから、どうせ食い物のことだろうと思っていたのだが――

「ノアお姉ちゃん、転生者として覚醒《かくせい》し始めてる」

とんでもない内容の話だった。

「うん？　ど、どういうことかな？」

「この前、ルゥミィを復活させたチカラ……あれ、ノアお姉ちゃんの転生者としての特別な能力だよ」

「え？　待ってくれよ⁉　ノアが異世界からの転生者だってことは勿論《もちろん》知ってるけど、レピシアに召喚《しょうかん》された時に力を付与《ふよ》されなかったって言ってただろ？」

「うん。でも、本来はそんなこと有り得ないんだよ。原因は分からないけど、ノアお姉ちゃんの能力、ず～っと身体の中で眠《ねむ》っていたのかもしれない」

「…………」

どこか遠い世界の話のように感じてしまう。

「ウィッシュ兄、異世界から召喚される人の条件、覚えてる？」

「ああ。無念の死を遂《と》げて、その心に大きな希望や強い想いを抱《いだ》いていた人だろ？」

「……うん。それでさ、ノアお姉ちゃん……異世界では病弱だったたって話してたよね」

「そうだな。ずっと病院で生活してたって言ってた。それが何か関係してるのか？」

「ノアお姉ちゃんの覚醒したチカラ――導きの光《ロード・ヒール》――は完全治癒《ちゆ》能力なんだよ。きっと、ノアお姉ちゃんが異世界に居た時に強く願っていたことなんだ」

――世界から病気がなくなってほしい、と。

「でも、あれは病気を治すなんてレベルじゃなかったぞ⁉　なにせ、物理的なダメージによって停止した心臓を蘇らせたんだ！」

「そうだね。ワタシも驚いたよ。他の転生者やウィッシュ兄の希望の光《ウィッシング・ユー》……みんな凄いチ

カラだけど、ノアお姉ちゃんの能力は別格——世界の秩序《ちつじょ》を崩《くず》してしまうかもしれないくらいにね……」

今のミルフィナは子供の顔をしていない。

完全に『女神』としてのお告げだ。

「それだけ、ノアの願いが……想《おも》いが強かったってことか……でも、なんで急に覚醒したんだ？　それに、眠っていた理由も分からないし」

「今まで眠っていた理由は分からないけど、覚醒した原因は分かってるよ」

「そうなのか⁉」

「ルゥミィを治したいっていうノアお姉ちゃんの強い想いと……ウィッシュ兄から流れてきた転生者の血に、眠っていたチカラが刺激《しげき》されたことが覚醒の理由だよ」

「俺から流れた……？　転生者の血……？」

「非力な魔道具の微弱《びじやく》な繋《つな》がりだけで、あのチカラの大きさだからね………真に覚醒したら、お父様だって黙っていないと思う」

「ちょっと話を戻してくれ！　え？　俺の血って何⁉　転生者の血って何⁉」

「もう気づいてると思うけど、ウィッシュ兄は転生者の末裔《まつえい》だからね。その血のことだよ」

ぜっんぜっん！　自覚ねぇよ！

俺は新たな悩みの種を心に植えられたのだった。

◇◆◇◆◇◆◇◆◇◆◇◆

魔王城へ帰還《きかん》したアタシは少しだけ後悔《こうかい》していた。

……ウィッシュたちと一緒《いっしょ》に過ごす生活……きっと、楽しいんだろうな。

アタシのことを仲間だと言って誘《さそ》ってくれた。凄く嬉《うれ》しかった。

こんな薄暗《うすぐら》い場所に戻ってくるよりも、ウィッシュたちと居るほうが充実《じゅうじつ》した日々を送れるだろう。自分の選択《せんたく》に迷いがなかったと言えば、嘘《うそ》になる。

でも――

ウィッシュたちのために、アタシはアタシにできることをやるんだッ！

これが、アタシの決めた道だから。

頭の固い魔族の連中に、人間の真実を伝えるんだ。そのためには、まずアタシへの信頼《しんらい》度《ど》を向上させなければならない。話を聞いてもらうための地盤《じばん》を作るのだ。

まず、ドワイネルのジジィを総指揮官の座から引きずり下ろすとして、その後は――

「あらあら、ルゥミィ。おかえりなさい」

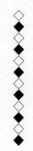

脳内会議をしていたら、魔王軍の古参幹部に呼び止められてしまった。

「ルゥミィ、ただいま戻りました。フォルニス調査の件ですが」

「ああ、その任務、もう引き上げて頂いていいですよ」

「そうなのですか？　ドワイネル……様から直接指示された任務だったのですが？」

「ドワイネルさん、魔王軍をクビになって魔界《ヘラ》へお戻りになられましたから。そんな任務は無視して頂いて結構ですよ」

あのジジィがクビになった⁉　いつの間に⁉

「ドワイネル……様がクビに……突然《とつぜん》のことで驚きました」

「まぁ当然と言えば当然でしょう。アストリオン侵攻《しんこう》の失敗、フォルニス調査の難航に続いて、今回のルーヴィッチ侵攻の失敗……と、散々でしたからね」

なんかウィッシュ絡《がら》みの件ばかりだ。アタシも当事者だから複雑な心境だけど……。

「そうでしたか……アタシの力不足でもあり、責任を痛感しています」

「ルゥミィには何の落ち度もありませんよ。もちろん、ンゴンゴにもね。ルゥミィもンゴンゴも能力のある方々ですからね。ドワイネルさんに問題があったのでしょう」

ンゴンゴ……あの脳筋ンゴヴェルガのことか。

――しかし、これは思わぬチャンス到来《とうらい》だッ‼

まさか、あのジジィが失脚《しっきゃく》して魔王軍を追い出されるとは！

魔族と人間の融和《ゆうわ》——思っていたよりもスムーズに事が進むかもしれないな！

あの総指揮官《ジジィ》が一番の癌《がん》だったんだ。

「それでは、次の総指揮官はどなたに？」

魔王軍の階級は力の序列。

幹部は、それぞれ独立した軍を編制しており、基本的に互《たが》いに干渉《かんしょう》することはない。

総指揮官は、それら癖《くせ》の強い幹部たちをまとめ上げるポジションで、魔王軍で最も強い者から選ばれるのが習わしである。ドワイネルのジジィも、衰《おとろ》えるまでは強かったのだ。

そして問題の……今の魔王軍で最強なのは、もしかして——

最強の炎《ほのお》使いにして、最強のツンデレ属性のアタシじゃないのか⁉

アタシが総指揮官になったら、全《すべ》てを変えられる。変えてやる！

「総指揮官など、もう必要ありませんよ」

しかし、予想の斜《なな》め上の答えが返ってきた。

「総指揮官なしで勇者やフォルニスに対抗できるのですか？」

それならそれでアタシは動きやすいけど！

「そろそろ時間です。私から説明するよりも、直接お会いしたほうが早いでしょう」

そう告げて、古参幹部はアタシを大広間へと誘導《ゆうどう》した。

——大広間の赤黒い絨毯《じゅうたん》から血の臭《にお》いが漂《ただよ》ってくる。

ここは魔王城の中でも一番薄気味《うすきみ》の悪い部屋だ。その大広間に幹部たちが勢ぞろいしていた。

「………あ、あれは」

既《すで》に見慣れた大広間だが、いつもと違う箇所《かしょ》が一つだけあった。

先代魔王のリリウムセンパイが退位させられてから、長らく空位だった『魔王』の座。

その禍々《まがまが》しい魔王の玉座に堂々と腰《こし》を掛けている男の姿が、目に飛び込《こ》んできた。

冗談《じょうだん》や遊びで座《すわ》ることすら許されない玉座——魔界の神の啓示《けいじ》を受け、魔王軍幹部たちからの招聘《しょうへい》に応じた『魔王』しか座ることができないのだ。

あの玉座に座れる、ということが『魔王』の証《あかし》——

「新たな総指揮官を置く必要もなければ、魔竜フォルニスに構う必要もありません。理由は、もうお分かりですよね？」

大広間に漂う血は、絨毯から発せられているものではなかった。

あの『魔王』から夥《おびただ》しい血の臭いが放たれているのだ……強大な魔力《まりょく》とともに。

『魔王』に比べたら、アタシの魔力など、極寒《ごっかん》の大地に立つ一本のロウソクのようなものだ。それくらい自分が小さな存在に思えてきてしまう。

絶対的な存在。

新たな『魔王』が、不気味に口を開く――

「人間は全て殺せ。皆殺《みなごろ》しだ」

新魔王の宣言後、大広間の幹部たちから大歓声《だいかんせい》が巻き起こった。

その光景を見ながら、アタシは途方《とほう》に暮れたのだった。

あとがき

本書を手に取っていただきまして、誠にありがとうございます。

こうして2巻を世に送り出せたのも、皆様の応援のおかげです。本当にありがとうございます！

さて、無事に2巻を出すことができた本作《弱点看破》ですが、1巻のあとがきで報告させていただきましたとおり、春夏冬 唯人先生による『コミカライズ』が決定しております。『コミックファイア』様で近々ＷＥＢ連載が開始される予定ですので、こちらもよろしくお願いいたします。

そして、もう一つ、読者様へお知らせしたいことがございます。

なんと、私、迅空也ですが――

この度、『カクヨム』様と『小説家になろう』様で活動を始めました！

え？　今さら？

っていうか、このＷＥＢ小説全盛の時代に、小説投稿サイトを利用してなかったの？

などなど……色々な声が聞こえてきそうですが……。

これまで私は読み専でＷＥＢ小説に触れてまいりました。

その中でも特に、異世界転生、追放ざまぁ、主人公無双系など、人気ジャンルの作品を中心に楽しく読ませていただいておりました。

ＷＥＢ作品を読んでいくうちに、徐々に、自分の中の投稿意欲が湧き上がってきまして、とうとう作家としてＷＥＢデビューしてしまいました。

ＷＥＢ作家デビュー……なんか字面的には仰々しい感じがしますが、投稿サイトにアカウントをつくって小説をアップしたら、今は誰でも気軽に作家になれる時代ですからね！

『カクヨム』様や『小説家になろう』様には著者と交流する場も設けられておりますので、見にきていただけますと幸いです。（泣いて喜びます。私が）

カクヨム：迅空也（@jin98）

小説家になろう：迅空也（ユーザＩＤ　２３８９２７２）

どちらのサイトも『迅空也』名義で活動してますので、是非、遊びに来てください！
そして、作品が面白かったら、フォローやブックマーク、ポイントを入れていただけますと幸いです。（泣いて喜びます。私が）
もちろん、正直に感じたとおりの評価で構いません。皆様からの評価や反応が執筆活動の励みになりますので！　何卒、応援のほど宜しくお願いいたします！

以下、謝辞になります。

担当編集様。１巻に続き、２巻でもお世話になりました。ありがとうございます。

イラスト担当の福きつね様。メインキャラだけでなくモブキャラまで可愛く描いていただき、感謝感謝です。２巻表紙のルゥミィの表情、個人的に大好きです。

そして、２巻までついてきてくださった読者の皆様！　これはもう、我々はパーティーメンバーといっても過言ではありません。

来るものは大歓迎、去るものは全力で追いかけるスタンスで頑張ってまいります！

今後とも、（コミカライズ、ＷＥＢ含めて）宜しくお願いいたします。

二〇二一年五月吉日　　迅　空也（ＷＥＢ作家デビュー）

HJ文庫 https://firecross.jp/
1012

役立たずと言われ勇者パーティを追放された俺、最強スキル《弱点看破》が覚醒しました2
追放者たちの寄せ集めから始まる「楽しい敗者復活物語」

2022年6月1日　初版発行

著者――迅 空也

発行者―松下大介
発行所―株式会社ホビージャパン

〒151-0053
東京都渋谷区代々木2-15-8
電話　03(5304)7604（編集）
　　　03(5304)9112（営業）

印刷所――大日本印刷株式会社

装丁――coil／株式会社エストール

ISBN978-4-7986-2847-9　C0193

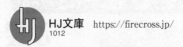